目次

この作品は、竹書房ラブロマン文庫のために
書き下ろされたものです。

第一章　夜鷹

一

徳川十代将軍、家治《いえはる》の世。

一刀流剣術師範の田村吉之助《たむらきちのすけ》は酔った足で、柳原土手《やなぎはらどて》沿いを歩いていた。

かなり夜が更《ふ》け、日ごろは見掛ける夜鷹《よたか》の姿もない。

田村は週に一度の出稽古の帰りであった。いつも、馴染《なじ》みの居酒屋で軽く飲んで、本所《ほんじょ》の道場に戻るのだが、今宵《こよい》はその居酒屋でたまたま隣になった初老の男と馬が合い、こんな時刻まで飲んでしまった。

足取りがふらつくまで飲むのは、田村にしては珍しい。

いっしょに飲んだ初老の男は白髪で、それなりに年を経《へ》ていたが酒に強かった。しかも金離れがよくて、酒代をすべて奢《おご》ってくれたので、すっかり過ごしてしまった。

田村がふらふらと歩んでいると、一人の夜鷹《よたか》がすうっと路地からあらわれた。

おなごを買うことはめったにない田村が、無視して通り過ぎようとすると、夜鷹が手ぬぐいをすうっと外した。その時、叢雲《むらくも》から月がのぞき、おなごの顔を照らした。

田村の足が止まった。

白く浮き上がった顔は、目を見張るような美形だったのだ。

夜鷹というのは吉原《よしわら》や、ふつうの女郎屋で客を取れなくなったおなごが、身を落として路上で身を売るようになったものだから、大抵、年をくっているか、容貌《ようぼう》が落ちるのが相場だ。そのぶん、安い。

が、目の前に立つ夜鷹は、吉原でもめったにお目にかかれないような美貌であった。

「ちょっと遊んでいかないかい」

と夜鷹が誘ってきた。

「いや……」

田村は美貌に惹《ひ》かれたものの、おなごから離れようとした。が、するりと腕を摑《つか》まれた。

そのなめらかな動きに、わずかに尋常ではないものを感じる。が、かなり酔っていた田村は、それを気のせいだと捨て置いた。

「大きなお乳は好きかい」

夜鷹が摑んだ手を、小袖《こそで》の身八《みや》つ口《ぐち》へと引き寄せた。と同時に、白い美貌が迫る。

おなごからは甘い、いい匂いがした。

いつもなら振りほどくのだが、田村はそのまま身八つ口から手を入れていった。すると、いきなりやわらかなものに触れた。

おなごは肌襦袢《はだじゅばん》を着ていず、田村は生《なま》の乳房を摑んでいた。しかも、摑みきれないほどに豊満なふくらみである。

「まだ、なさるのなら、こちらに」

夜鷹が、家々の立ち並ぶ路地裏に田村を引き込みはじめた。

田村はおなごの乳を摑んだまま、共に路地裏に入っていく。おなごの乳房の感触がたまらなく、手を離せなくなっていたのだ。

塀に囲まれた行き止まりまで入ると、おなごが小袖の帯を解《ほど》き、前をはだけた。たわわに実った乳房が月明かりの中にあらわれる。めったにお目にかかれない極上のふくらみであった。

田村は手を伸ばして、正面から摑もうとした。すると夜鷹が、二十文、と言って手を出してきた。蕎麦《そば》が十六文というのが江戸の相場である。それよりわずかに高いだけだ。それで、こんないいおなごとまぐわえるというのか。

これはなにかの罠なのでは、とふと田村は思った。が、堪《こら》えきれずに懐《ふところ》から二十文を出し、夜鷹に渡すと、たわわな乳房を摑んでいた。

田村の手は大きかったが、それでも白いふくらみがかなりはみ出た。ぐぐっと揉《も》み込む。すると、田村の手が沈んでいく。が、すぐに押し返してくる。そこをまた、揉み込んでいく。

「あ、ああ……」

夜鷹の唇から、かすれた喘《あえ》ぎが洩《も》れはじめる。それに煽《あお》られ、田村はさらに揉みしだいていく。

月明かりを吸って白く浮き上がった乳房が、田村の手で淫《みだ》らに形を変えていく。どれだけ揉んでも揉み飽きることがない。このままずっと揉んでいたかったが、さらに先にも進めるとあれば、どうにも気が急《せ》く。

田村は腰巻きに手を掛けた。ぐっと引き剝《は》ぐと、おなごの草叢《くさむら》が目に飛び込んでくる。濃いめの茂みは、卑猥《ひわい》だった。

田村はすぐさま、草叢の中へと指を挿《さ》し入れていった。たちまち、熱い滾《たぎ》りに包まれる。

「あっ……」

「ほう、おなご、濡らしているのか」

夜鷹が初手《しょて》からこれほど濡らすことはめったにないだろう。美形の顔立ちといい、なにか訳ありなのか。このようなことが好きなのか。

田村は人差し指を、熱いぬかるみに埋めていく。すると、肉の襞《ひだ》の連なりがからみついてきた。生きているようだった。いや、生きているのだ。女陰《ほと》もおなごの一部なのだから。

が、これほど濡れて、締めてくる女陰ははじめてだった。

「すごいな、おなご」

「ああ……はやく……」

「そうだな」

出来れば、おなごを裸に剝《む》き、隅々《すみずみ》まで堪能《たんのう》したかったが、夜鷹とのまぐわいは急がねばならぬ。

田村は腰から大小を鞘《さや》ごと抜くと、塀に立てかけた。すると、おなごが着物の帯に手を掛けてきた。結び目を解くと、前をはだける。

すぐさま、下帯に手を掛けてくる。下帯を脱がせるのはおなごに任せ、田村は再び、おなごの乳をまさぐった。

「あ、ああ……」

おなごの乳首はいつの間にかとがっていた。それを手のひらで押しつぶすようにして揉んでいると、下帯を脱がされ、魔羅《まら》があらわになる。

田村はかなり興奮していたが、すでに酔いがまわっているためか、半勃《はんだ》ちであった。これほどのいいおなごを前にして、半勃ちとは情けない。

が、案じることはなかった。すぐに田村は、むしろ半勃ちで良かったと知ることになる。

おなごがその場に膝《ひざ》をついて、尺八《しやくはち》を仕掛けてきたのだ。

いきなり、鎌首《かまくび》が口の粘膜に包まれ、田村はうめいた。

おなごの唇が、胴体へと下がってくる。それにつれて、ぐぐっと太くなっていく。

「う、うう……」

おなごはうめきつつ、根元まで咥《くわ》えこんできた。

同じ頃。

提灯《ちょうちん》を手に、柳原土手界隈《かいわい》を歩く、一人の若い男がいた。

名を弥吉《やきち》というその男は、屑屋《くずや》を生業《なりわい》にしていたが、もう一つの稼業があった。岡《おか》っ引《ぴ》きの万次《まんじ》親分の下《もと》で働く、下っ引きである。

まだまだ新米で、雑用をわずかな金でこなす日々を送っているが、はやく手柄を立てて、万次親分に認めてもらいたかった。

だからこのところ、毎晩のように柳原土手界隈を夜回りしていた。近ごろ、この界隈で夜鷹を買う客たちを狙った追い剥ぎが出ているという話を耳にしたからだ。

夜鷹を買うようなちんけな男から金を取っても知れているだろうが、取られた方が恥ずかしくて、あまり訴えてこない良さもあるらしい。

あっしがとっ捕まえてやる、と張り切って、弥吉はあたりを見回しながら歩いているのだった。

おなごがうんうんうめきつつ、田村の股間で美貌を上下させている。

「あ、ああっ……」

あまりに気持ち良すぎて、剣術師範は恥も忘れて声をあげていた。が、このままだと、おなごの口に出してしまう。

それはいやだ。やはり夜鷹を組み敷き、女陰に入れて、出すところに出したい。

田村はおなごの髪を摑み、腰を引いていった。

おなごの唇から見事に勃起《ぼっき》させた魔羅があらわれる。我ながら惚れ惚れするほどたくましくなった魔羅は、先端から付け根までおなごの唾《つば》でぬらぬらだった。

「これ、茣蓙《ござ》はないのか？」

普通であれば、夜鷹は地べたに引く茣蓙を用意している。道端などにそれを引き、夜闇に紛《まぎ》れてことを終えるのが、夜鷹とのまぐわいなのだ。

「立ったまま、入れてくださいますか」

「ほう、立ったまま、か……」

それも趣向だとは思うが、はじめてのことで勝手がわからない。

つい躊躇《ためら》っていると、堪えかねたように、おなごの方から抱きついてきた。魔羅を摑んで股間に導いてくる。

あっ、と思った時には、今度は口の粘膜とは比べものにならないくらい、熱い肉の襞に鎌首が包まれた。そのままおなごが腰をくっつけてくると同時に、ずぶずぶと魔羅がぬかるみに入っていった。

「ああっ、これは」

「はああっ、硬いです」

おなごは田村にしどけなく縋《すが》りつき、腰を〝の〟の字にうねらせてくる。根元まで包まれた魔羅がきゅきゅっと締め付けられる。

たまらなかった。なにもしなくても魔羅がとろけてしまいそうだ。

田村は本所の道場で師範をしていたが、このところ、亡くなった師範の息子の隆俊《たかとし》と揉めている。田村の方が腕が立ち、亡くなった師範は後継者として田村を指名して、田村が師範となっていたのだが、やはり息子が継ぐべきだと、隆俊一派が圧力を掛けてきていた。

そういう面倒もあり、今宵は初老の男とかなり飲んでしまっていた。

が、おなごの女陰に包まれていると、そんな悩みも吹き飛んでいく。出来れば、このまま死ぬまで女陰のなかに収まっていたい。

「ああ、素晴らしい女陰だ。おなご。ああ、このままずっと入れていたいのう」

「はあっ、ああ、私もあなた様の魔羅……ああ、死ぬまで入れていたいです」

「可愛いことを言うおなごじゃのう」

「突いてくださいまし」

そうだな、と田村はおなごの腰を摑むと、抜き差しをはじめた。立ったまま、真正面からぐいぐいと突いていく。

「あっ、ああっ、ああっ」

突くごとに、おなごの声が艶《なま》めいてくる。魔羅を包む肉の襞が締まってくる。

「ああ、たまらぬっ、ああ、魔羅がっ」

「もっとっ、もっと、突いてくださいましっ」

おなごが両腕を田村の首にまわしてきた。白い美貌が迫り、半開きの唇から火の息が吹き出してくる。

口吸いを、と思った刹那《せつな》、強烈に女陰が締まった。

「おうっ」

と吠えて、田村は射精させた。どくどく、どくどくとおなごの女陰にぶちまけていく。

「おう、おう、おうっ」

周囲の家々に聞こえそうな声で吠えつつ、田村は射精を続ける。脈動している間も、おなごの女陰は強烈に締まり続け、さらなる快感に躰《からだ》を震わせていた。

「ああ、たまらないっ。この世の快感とは思えぬぞ。名を教えてくれぬか、また逢おうぞっ」

「そんなに良かったですか」

「ああ、良かった」

「いい冥土の土産《みやげ》になりましたね」

おなごの目が月明かりを受けて、きらりと光った。まずい、と思い、おなごから魔羅を抜こうとしたが、まったく動けなかった。

次の刹那、盆の窪にちくりと痛みが走った。

「うう……」

田村の躰が瘧《おこり》に掛かったように震え、さらに、おなごの中に射精させていた。


「どこだいっ。確か、この辺りから……」

周囲を夜回りしていた弥吉は、男の雄叫《おたけ》びを聞きつけ、声の上がった方へと駆けつけていた。あの声は、追い剝ぎが出やがったに違えねえっ。

柳原土手の道を挟んで、反対側の路地が入り組んでいる場所へと急ぐ。

そこへいきなり、路地裏からおなごが飛び出てきた。弥吉とぶつかる。相手は夜鷹らしく、手ぬぐいを被《かぶ》っている。

「おっとっ、すまねえな。大丈夫かい」

と、弥吉はおなごに向かって提灯《ちようちん》を上げた。すると、おなごの顔が手拭《てぬぐ》いの下から浮かび上がった。

「あっ」

目を見張るような美貌に驚いた。

「あ、あんた今、男の声を聞かなかったかい。なんというか、雄叫びのような」

気を取り直して美形のおなごに聞くも、おなごはなにも答えず、背中を向け、逃げるように去って行く。

「おいっ、ちょっとっ」

訳ありの夜鷹かもしれない、と思った。まあ、夜鷹はたいてい訳ありだったが。

あの美形、どこかで見たことがあるような。どこか、弥吉がよく知っているおなごと似ていた……まあ、あのお人が夜鷹なんてやることは、万が一にもないし、他人のそら似というやつか。

弥吉はちらりと見えたおなごの顔に、自分のよく知る娘の面影を重ねていた。

だが、今のおなごは震えがくるような色気を放っていたが、あの御方とはそこが違う。弥吉の知る娘は、色気ではなく、小春日のような温《ぬく》もりを放っているのだ。

弥吉はおなごが飛び出してきた路地裏をのぞき、提灯をかざした。

奥に男の姿があった。塀にもたれかかっている。酔っ払いが寝ているようだ。こういう不用心な野郎が、追い剝ぎにあうのだ。

「おいっ」

と声を掛けつつ、弥吉は路地裏の奥へと入ってゆく。

男は眠ったまま、動かない。足元には大小が放り出されている。お武家か。

「ちょっと」

と声を掛けるが、まったく起きる気配がない。

もしや……弥吉は男の顔に顔を寄せていく。息をしていない。

「旦那っ、旦那っ」

と肩を揺すると、ずるずると崩れていき、弥吉の方に倒れてきた。

死んでいるっ。弥吉は男を起こした。どこからも血は出ていない。どういうことだ。

着物の裾から下帯が出てきた。どういうことだ。よく見ると、着物の帯が緩《ゆる》んでいる。弥吉は帯を引いた。そして傷がないかと着物をはだけた。

傷はなかったが、いきなり魔羅があらわれた。そこは見事に勃起していた。そして、精汁で白く汚れていた。

「そうか、さっきの夜鷹……」

あの美形の夜鷹とまぐわい、出して、そのまま昇天しちまったのか。

傷がどこにもない以上、そう考えるしかない。とにかく番小屋に知らせないと。

路地裏を出た弥吉は、かすかに残るおなごの甘い匂いを嗅いだ。むくりと魔羅が勃起した。

二

「くずーいっ、屑屋《くずや》でござーいっ」

翌日。弥吉はもう一つの仕事をはじめていた。というよりも、生業《たつき》を立てているのはこちらの稼ぎだ。下っ引きは小遣い銭程度の金にしかならない。

「くずーいっ、屑屋でござーい」

こうして呼ばわって、家々の紙や鉄クズといった不用品を安く買い集め、それぞれの問屋に売るのが、おもな仕事である。

気付けば泰明寺《たいめいじ》のあたりに来ていた。弥吉が住んでいる本所の裏長屋の近くにある小さな寺だ。といって別に、坊さんに用があるわけではない。

本堂から、おなごの透《す》き通った声が聞こえてくる。

「あ、い、う、え、お」

この声を聞かないと、弥吉の一日ははじまらない。続いて、元気の良い子供たちの声が聞こえてきた。

弥吉は屑籠《くずかご》を背負ったまま、本堂の壁に顔を寄せていく。勝手知ったる本堂だ。どこに大きな節穴があるかはわかっている。

「か、き、く、け、こ」

弥吉の目に、見目麗《うるわ》しいおなごの姿が飛び込んでくる。

ああ、今日も綺麗だ。今日も爽やかだ。

同じ裏長屋に住む、佐奈《さな》である。佐奈はとびきりの笑顔を見せて、仮名文字を読んで聞かせている。

佐奈の前には二十人ほどの、近所の子供が座っている。皆、粗末な着物を着た子供たちばかりだ。一生、読み書きなぞには縁《えん》がないはずだった。

が、佐奈がこの泰明寺で寺子屋を開いてから、熱心に手習いに通うようになっていた。

弥吉が住む裏長屋に佐奈が越してきたのは、半年ほど前か。すぐに近所の空き家で読み書きを教えはじめ、おあしはある時払いの催促《さいそく》なしで、瞬《また》く間に評判となり、今では寺の本堂で教えている。

佐奈の年の頃は、二十二、三か。これだけの器量でこの年なら、とっくに嫁に行っていてもおかしくはなかったが、なぜか、独り身のままでいた。

もちろん町内の独身男たちは、皆、佐奈を嫁にしたくて口説こうとしたが、佐奈の方にはまったくその気がないようで、軽くあしらわれるばかりだった。

弥吉ははじめて会った時から、佐奈に惚れていた。佐奈は五つばかり年上になるが、あっしには姉《あね》さん女房がいい、と勝手に思い、慕《した》っている。

同じ裏長屋に住んでいるのだから、わざわざ寺まで見に来なくても、佐奈の美貌は拝めたが、子供たち相手にひらがなを教える佐奈の姿を見るのが好きだった。

佐奈は縁談をすべて断り、男の出入りもないため、もしや生娘《きむすめ》ではないか、という噂まで流れはじめていた。年増《としま》で生娘というのもどうなのかと思うが、さわやかな佐奈の笑顔を見ていると、もしや、とも思わせる。

「では、字の稽古です」

習字が始まり、子供たちが一斉に机に向かい、筆を取った。

ふと佐奈が、弥吉がのぞいている節穴のほうを見た。のぞいているのを見破られたのか。いやまさか、気付くはずがない。

と、佐奈が素早く動き、本堂から顔を出した。ひどく滑《なめ》らかな動きで、弥吉は本堂の壁から顔を離すのが精一杯だった。

「あら、弥吉さん。もう、おさぼりかしら」

白い歯を見せて、佐奈がうふふ、と笑う。

「いや、ああ、すいやせん……つい……」

「つい、のぞいていたの？」

「いやあ、まあ……」

「弥吉さん、よくそこからのぞいているよね」

「えっ、知っていたのかいっ」

「弥吉さんから見られているの、すごく感じていたから」

はにかむような表情を見せて、佐奈がうつむく。優美な頬《ほお》がほんのり朱色に染まっていく。

なんだっ。これはなんだいっ。なんて愛らしいおなごなのか。

弥吉は感激する一方で、気がかりもあった。昨晩目にした夜鷹と、似ているのだ。

どう考えても他人のそら似だとは思う。佐奈は爽やかな可愛げがあるが、色香には欠ける。しかし昨晩目にしたおなごは、提灯に浮かんだ美貌だけからも、むせんばかりの色香を感じた。

その点だけでも、別人である。

『見ねえ、盆の窪に鍼《はり》の刺し穴が残っている』

昨晩、番小屋に運び込まれた死骸を検分していた万次親分は、行灯《あんどん》の炎に浮かび上がったうなじを指さしそう言っていた。

『ここをひと刺しでやったんだな』

そう言いながら、遺体の下半身が溢《あふ》れた精液で汚れているのを見て、

『おそらく、出した直後に刺したのだろう。まあ、極楽状態のままあの世に往《い》ったことになるな……。となると、やっぱりその夜鷹が怪しい。まぐわって安心させて、出した直後に殺したんだろうな』

と唸《うな》っていた。

あの夜鷹が下手人《げしゅにん》なら、あの男とまぐわい、そして鍼をうなじに刺して殺したことになる。目の前で優しく笑う佐奈と、そんな凄惨《せいさん》な光景はまったく結びつかない。

でも……どこか似ているのだ。それに、あの夜鷹にはどこか気品が感じられた。そこが佐奈と似ているところだろうか。

佐奈はまた、実はどこぞの武家の娘であったのでは、という噂も流れるほどだった

だけに、どこか品の良さを醸《かも》し出している。

そこも、あの夜鷹の印象と同じだった。

「私の顔になにかついているかしら」

「えっ」

「すごく難しい顔をして、じっと私の顔を見ているから。なにか、今日の弥吉さん、変だわ」

「そ、そうかい……いや、いつもといっしょだが」

まずい。佐奈が下手人なら、あっしが疑っていることに気付かれてしまう。

あっしも、いっぱしの御用聞きになるには、こんなことじゃいけねえ。

「佐奈先生っ、出来ましたっ」

本堂から子供たちの声がする。はぁいっ、と返事をして、じゃあね、と佐奈は胸元で手を振り、本堂に戻っていった。

弥吉もにやけながら胸元で手を振っていた。

そうだ。匂いだ。まだ残り香があるかも、と今まで佐奈が立っていた場所に移動して、くんくんと嗅ぐ。すると、さわやかな薫《かお》りがわずかに残っていた。

昨晩嗅いだ、即勃起してしまった匂いとはまったく違っていた。

してていた。

三

弥吉はここ数日、佐奈の動向を見張っていた。

『鍼でひと刺しで殺す手口は、もしかしたら、〝始末人〟かもしれねえな』

殺された男は本所で道場を構える田村吉之助という男であった。近所の評判も良く、殺されるような理由も見つからず、怪しい人間も見当たらず、はやくも、探索は難航していた。

そんな中、万次親分がそんなことを言ったのだ。

『始末人って、金で人殺しを請け負うって噂の……』

『そうだ。ここ一年の間に、不審な死に方をする者がちらほらと出ているんだ。しかも、皆、なぜ殺されたのか、端《はた》からは理由がわからないものばかりなんだ。だがなあ、弥吉、人の心なんて、それこそ端から見たら、わからないものだ。どんな善人でも、どこで悪さをしているか知れたものじゃない。悪さを受けた人間が、自分ではどうすることも出来ずに始末人に頼むこともあるんだ』

『始末人って、どんな悪い面《つら》をしているんですかねえ』

『始末人も殺される善人面《ぜんにんづら》と同じさ。端からは、金で殺しを請け負っているような人間とは、まったくわからないはずだ』

『そうなんですか』

『むしろ、こいつは絶対違うだろう、という奴の方が怪しいな』

絶対違うだろう。佐奈がまさにそうだった。あの夜鷹と瓜二つと言ってよかったが、でも、佐奈が始末人なんて、まったく想像もつかない。

だから、様子を探っていた。万が一、佐奈が始末人だったら、大手柄となり、弥吉の評価は一気に上がるだろう。

が、佐奈の生活は、寺子屋を終えると泰明寺の坊主たちとしばらくしゃべり、真っ直ぐ裏長屋に帰り、そして湯に行き、飯を食って寝る。その繰り返しだった。

弥吉は屑屋の仕事のかたわら、佐奈を見張っていたが、数日張り付いてもなにも出てこず、はやくもやる気を無くしてくる。

そもそも、あの清楚《せいそ》で可憐な佐奈が、人殺しなんてやるわけがないじゃないか。始末人から一番遠い存在だ。まさに他人のそら似だったというだけだ。

今日もそんなことを考えながら、天水桶《おけ》の陰から湯屋を見張っていると、佐奈が出てきた。

湯上がりの佐奈は、寺子屋にいる時より色気が増している。うなじにほつれ毛が貼り付き、湯から出たばかりゆえか、白い美貌もほんのりと上気していた。

佐奈はからころと下駄を鳴らしつつ、いつもと同じ道を歩いて帰ってゆく。が、右に曲がれば裏長屋という十字路で、佐奈はなぜか、そのまま真っ直ぐ歩きはじめた。

これはっ。いつもと違う行動に、弥吉の胸は騒いだ。

佐奈は大川《おおかわ》の方に向かっていく。あの辺りは河原があるだけで、なにもないはずだ。だが、男と逢い引きでもするようにも思える。佐奈には男の影などまったくなかったが、人の心など端からはわからないものなのだ。

佐奈も年増である。男がいても不思議ではない。

いったい、どんな野郎なんだっ。面を拝んでやる。

日が暮れかかり、夕日が佐奈の美しい横顔を照らす。

佐奈は大川沿いに出ると、そのまま河原へと降りていく。それを追って川沿いまで降りると、佐奈は小屋の中に入っていった。

「あの中で、野郎とっ」

弥吉は小屋まで近寄ると、壁の節穴を探した。なかなか見つからない。男が来るまで待つか。いや、もういるかも知れねえ。そうなると、今、壁の向こうで乳繰りあっているということか。

弥吉は妄念を募《つの》らせ、聞き耳を立てながら、小屋の壁に張り付くようにして節穴を探す。

もし男といるなら見たいっ。どうしても中を見たいっ。

すると、ちょんと肩を叩かれた。

ひいっ、と弥吉は素《す》っ頓狂《とんきよう》な声をあげた。

「なにしているの、弥吉さん」

振り向くと、佐奈が立っていた。笑顔でこちらを見つめている。風呂上がりの化粧けのない顔が、眩《まぶ》しいくらい綺麗だ。

しかし、節穴探しに没頭していたとはいえ、後ろに立たれていることにまったく気付かなかった。佐奈が真《まこと》に始末人であれば、すでに弥吉はあの世に往っていると思うと、ぞくりと躰を震わせた。

「どうなすったの？　寒い？」

佐奈が澄んだ瞳で、弥吉の顔をのぞきこんでくる。そうなのだ。佐奈の瞳は澄んでいるのだ。心も澄み切っているに違いねえ。

「いや……」

「どうして、ここにいるの？」

「えっ、いや、ちょっと佐奈さんを見掛けてね。声を掛けそびれてしまって、ここまでついてきちまったんだ」

「……私を、つけてきたの？」

「いや、そうじゃないんだ。すまねえ。いや、もしや男かと思って……いや、その」

「男。ああ、私がこの小屋で逢い引きすると思ったのね」

「いや、まあ、そうだな。すまねえ、佐奈さん」

「中を見る？」

「えっ」

「男がいないか、確かめてみる？」

えっ、いやあ、とぼそぼそ言っていると、佐奈が弥吉の手を掴んできた。それだけで、弥吉の胸がどきんと跳ね上がる。なんせ、おなご知らずの上に、佐奈に惚れているのだ。手を握っただけでも、躰が熱くなる。

弥吉は佐奈に導かれるようにして、小屋の中へと引きずり込まれた。

そこは物置小屋だった。壊れた猪牙船《ちょきぶね》が壁に立てかけてあり、修理道具も所狭しと並んでいる。

そんな中、中央に布団が敷いてあるのが目についた。

場違いな品だが、場違いとも言えなかった。やはり、ここで乳繰りあっていたのだ。

佐奈は弥吉を引っ張りつつ、布団に座った。弥吉も差し向かいに座る。

「さあ、どうかしら。誰もいないでしょう」

「あ、ああ……いや、どこかに隠れているかもしれないぞ」

そう言って立ち上がると、弥吉は壊れた猪牙船の陰や、棚の後ろを探る。

すると、うなじに息を感じた。

「弥吉さん。最近変よね」

「えっ」

「私をなにか疑うような目で見ているわ」

ずっとうなじに、佐奈の息が掛かっている。盆の窪だ。田村がひと刺しで殺された場所だ。

「い、いや、なにも疑ってなんかいないぜ。ただ……」

「ただ、なにかしら」

「いや、その」

「なにかしら。答えて」

と言いつつ、佐奈がうなじを指先ですうっとなぞってきた。

刺されたと思い、ひいっと叫ぶ。おなご相手になんとも情けなかったが、怖いものは怖い。

「いや、その、見たんだよ……」

「なにを」

盆の窪をなぞりつつ、佐奈が聞いてくる。もう間違いなく、佐奈があの時の夜鷹だと思った。そうなると、あっしは殺されるのか……まさか……。

「柳原土手のそばの路地裏で……佐奈さんに似た夜鷹を」

「私が、夜鷹」

「すいやせんっ。違うとわかっているんだっ。違う、絶対、あの夜鷹じゃないっ」

殺されたくない弥吉はそう言い続ける。

佐奈が弥吉の肩を摑み、振り向かせた。息がかかるほどそばに、佐奈の美貌がある。

相変わらず、澄み切った目で見詰めてくる。

「その夜鷹って、どんなふうだったのかしら」

「いや、いや……あの……その……」

「私が夜鷹をやっていると思って、こそこそつけていたの」

「あ、ああ……すまない」

「それだけじゃないよね、弥吉さん」

「えっ」

「その夜鷹、ただの夜鷹じゃないんでしょう」

佐奈の瞳がきらりと光った。清楚な佐奈の目が、あの時出くわした、妖艶《ようえん》な夜鷹のものに変わる。

「い、いや、ただの夜鷹だ……そこらで沢山見かける、夜鷹だよっ」

弥吉はもはや、ぶるぶる震えている。相手はおなごなのに、逃げられないと躰が竦《すく》んでいるのだ。田村の死に様を見ているからだ。震える躰で、なにもかも白状しているのと同じだった。

「私があの晩の夜鷹に似ているって、親分には話したのかしら」

「まさかっ、話さないよっ。一生、話さないよっ」

「どうかしらねえ」

佐奈が今度はすうっと弥吉の喉《のど》をなぞってきた。弥吉はひぃーっと情けない声をあげ、ずるずるとその場に崩れ落ちる。腰から力が抜けていた。

佐奈がしゃがんで、目を覗《のぞ》き込んでくる。

「死にたくないっ、あっしはまだ死にたくないんだっ。おなご知らずのまま、あの世に往きたくないっ」

と思わず絶叫する。

「あら、弥吉さん、おなご知らずなの」

「知らない、おなごの乳も女陰も知らないんだっ」

「岡場所は？」

「行ってないっ」

「どうして？　屑屋の稼ぎがあるでしょう」

「あんな稼ぎじゃ……。それにあの、好いたおなごがいるんだ……だから……」

躰を震わせつつ、弥吉はそう言う。

「あら、誰かしら」

「そ、それは、さ、さ、佐奈さんだっ」

こんな時なのに、弥吉は佐奈への思いを告げていた。いや、逆に今こそ言わないと、あの世に往ってしまうのだ。このおなごは、人をひと刺しであの世に送れる始末人なのだ。

佐奈の妖艶な瞳が、澄み切った目に戻る。

「ありがとう、弥吉さん。うれしいよ」

「あ、ああっ、じゃあ、佐奈さんもあっしのことをっ」

それには答えない。澄んだ目でじっと見詰めている。

そして、小袖の帯を解きはじめたのだ。

四

「ま、待ってくれっ、なにをしているんだいっ、佐奈さんっ」

佐奈はなにも答えず、帯を解くと、小袖の前をはだけた。湯上がりゆえか肌襦袢もなく、いきなりたわわに実った乳房があらわれた。

「あっ、さ、佐奈さん……」

それは想像以上に豊かで、想像以上にそそった。見事なお椀型をしている。乳首が乳輪からわずかに芽吹いていた。

ふいに佐奈が、弥吉の手を摑むや、あらわにさせた乳房へと導いていく。

「だ、だめだ……だめだよ、佐奈さん」

乳に触ったら、殺される。田村は射精して死んでいた。弥吉があの夜聞いた雄叫びは、たぶん中出しした時だ。佐奈の中に出したのだ。そして盆の窪を鍼で刺され、あの世に往った。

なんとなく、佐奈が始末人なら、そういう殺し方をするのではと思った。あの世に送る前に、極楽気分を味あわせるのではあるまいか。

逆に言えば、乳を触ったらもう後には戻れない。佐奈とまぐわって男になった瞬間、あの世へと送られるのだ。

だめだっ。乳に触っちゃだめだっ。

「あっしはなにも見ていないっ。あっしはなにも知らないんだよっ」

「わかっているわ、弥吉さん。さあ、触ってみて。おなごの乳を知って」

いやだ、と弥吉は右手を引こうとするが、佐奈がぐっと寄せてきた。細腕のどこにこんな力があるのか、と思っていると、指先が乳に触れた。

もうだめだった。弥吉はそのまま乳房を、むんずとわし摑んでいく。

やわらかな感触に、一気に躰が熱くなる。この世のどんなやわらかいものとも違っていた。ぐっと揉み込むと、奥から弾《はじ》き返してくる。そこをまた、揉み込んでいく。

「こ、これがおなごの、佐奈さんの……ち、乳……」

「そうよ。弥吉さんが惚れた私の乳よ」

両手で揉んで、と佐奈が言う。弥吉は左手でもう片方の乳房をまさぐると、両手で佐奈の乳房を揉んでいく。お椀型の白いふくらみが、弥吉の手によって形を変えていく。

手を引けば、すぐに美麗なお椀型に戻る。それをまた、弥吉の手で崩していく。どんなに揉みしだいても、乳房は元のお椀型へとかえってゆく。

わずかに芽吹いていた乳首が、いつの間にか、つんととがっていた。

「佐奈さんも、乳首、とがらせるんだね」

「はあっ、そうよ。私もおなごなの……ぬかるみを持つおなごなのよ、弥吉さん」

「ぬか、るみ……」

「そう。入れてみるかしら」

「い、入れる……ぬかるみに……」

弥吉はぶるぶると顔を振る。女陰に入れたら、そこでお終いである。昇天と同時に、あの世に昇天してしまうだろう。

もちろん、佐奈の中に入れて、佐奈でおとこになりたい。だが、死んでしまったら元も子もない。いくらもてなくても、貧乏でも、生きていることに意味があるのだから。

佐奈が小袖を、躰の曲線に沿って下げていくと、腰巻きがあらわれた。

それも、佐奈は取ろうとする。

「いけねえっ、それはいけねえよっ」

「私の中に入れたくないのかしら」

「そ、そりゃ入れてえよっ。すごくっ」

「じゃあ」

と言って、佐奈が腰巻きを取る。すると、佐奈の股間があらわとなった。何度も想像し、手すさびしまくった陰りだ。

佐奈の陰りは濃く茂っている。それゆえ、女陰の割れ目は見えなかった。

が、佐奈は草叢に指を入れると、自らくつろげはじめるではないか。

すぐに、漆黒の陰りの中から、真っ赤な粘膜がのぞきはじめた。

「あっ、こ、これは……」

「女陰よ。ああ、熱いわ。すごく熱いの……」

だから、真っ赤なのか。すでにしとどに濡れている。まさか、清廉な佐奈が、割れ目の中にこんな淫らな女陰を隠していたとは。

「がっかりかしら」

「えっ」

「ここは、弥吉さんが好きな佐奈とは違う？」

「い、いや、そんなことはないよ……綺麗だ、綺麗な女陰だ」

「はじめて見るんでしょう」

「ああ、はじめてだ」

「じっくり見て……弥吉さん」

冥土の土産に、ということか。そんな土産は願い下げだったが、やはり、間近で見たくなる。

見たらいけねえ、と思いつつも、弥吉は佐奈の足元にしゃがんでいた。

佐奈は割れ目をくつろげたままでいる。

その女陰が目の前に迫る。

「あ、ああ……これが……女陰……」

桃色かと思っていた秘所の色は、想像よりも濃く、いやらしい赤さだ。大量の蜜があふれ、剝き出しの粘膜から、股間を直撃するような匂いがしてくる。

はじめてこんな濃い匂いを嗅いだ弥吉は、くらっとなった。

顔面が佐奈の股間に当たる。

「大丈夫かしら、弥吉さん」

「だ、大丈夫だい……」

弥吉は顔を引き、あらためて、佐奈の女陰を見つめる。すると、佐奈がさらに割れ目を開いた。女陰が奥まで晒《さら》され、小指の先ほどの小さな穴が見える。

こんなところに、俺の魔羅が入るのかと思ったが、見ていると、たまらなく入れたくなってくる。

しかし、入れたら、あの世に往くのだ。入れてはいけない。そうだ。逃げるんだ。

佐奈の肉の襞が誘うように蠢《うごめ》いている。じっと見ていると、すうっと吸い込まれそうだ。このまま、頭を佐奈の中に突っ込みたくなる。

「ああ、入れてえっ、入れてえよっ、佐奈さんっ」

と思わず叫ぶ。

「いいわ。入れていいわ、弥吉さん」

「だめだよっ。入れたら、出したら、俺を刺すんだろうっ、佐奈さんっ」

「なにを馬鹿なこと言っているのかしら。その夜鷹は他人のそら似よ」

まったくそうは思えない。ひと気を感じさせずに背後に立つ動きや、おなごとは思

えない力。そしてなにより、弥吉を見つめるいつもと違う鋭い眼差しが、佐奈があの夜鷹だと告げていた。なによりも、

「匂いだよ、佐奈さん」

「えっ」

「あの時、わずかに残っていた色っぽい匂いが、今、佐奈さんの肌から薫ってきてるんだ」

普段はさわやかな匂いを漂《ただよ》わせている佐奈が、今は、股間にびんびん響く艶《つや》っぽい匂いを放っている。

「この匂いが、あか……」

証《あかし》だ、と言う前に、弥吉の口は佐奈の唇でふさがれた。ぬらりと舌が入ってきて、弥吉の舌がからめ取られる。

「う、うう……」

弥吉は自分からもからませていった。生まれてはじめての口吸いだった。はじめての口吸いが、憧れの佐奈なのだ。

弥吉の躰はかぁっと熱くなっていた。脳天が沸騰しそうだった。

佐奈は舌をからめつつ、弥吉の着物の帯に手をかけてきた。帯を解き、前をはだけ

ると、褌《ふんどし》を脱がせにかかる。

「うう、ううっ」

いけねえっ、と叫ぶものの、うめき声にしかならない。逃げるんだ、と思いつつ、佐奈との口吸いをやめるなぞ、出来なかった。

その間に、褌を毟《むし》り取られた。魔羅があらわれ、すぐさま摑まれ、しごかれる。

「う、ううっ」

弥吉は真っ赤になって、うめく。弥吉の魔羅に他人の手が触れたのははじめてだ。しかも相手はおなごなのだ。おなごの中のおなごの佐奈なのだ。

それだけで、暴発しそうになる。

佐奈が唇を引いた。やっと口吸いが終わる。佐奈がやめない限り、弥吉から口を引くことはなかった。

「すごく硬いわ、弥吉さん」

「さ、佐奈さん……」

弥吉の頭の中で、寺子屋での清廉でおきゃんな佐奈の美貌と、柳原土手そばの路地裏で見た妖艶な佐奈の美貌が交互に浮かぶ。

どちらも佐奈だったが、まったく違うおなごだ。今は、妖艶な佐奈の顔を見せている。

佐奈が弥吉の手を摑み、自らの恥部に導く。

「指を、入れてごらんなさい」

「ゆ、指を……」

弥吉は言われるまま、佐奈の割れ目の中に人差し指を入れていく。すると、燃えるような粘膜に包まれる。

「ああ、熱いよ、佐奈さん」

「もっと奥まで」

弥吉はうなずき、女陰の奥まで人差し指を入れていく。すると、爪先から付け根まで、肉の襞がからみつき、締めはじめる。

「ああ、すごいよ。すごいよっ、佐奈さん」

「ここに、この魔羅を入れたいでしょう、弥吉さん」

ぐいぐいしごきつつ、佐奈がそう聞く。

「ああ、入れてえ、でも、入れたくねえ」

「どっちなの」

「ああ、入れてっ、死んでもいいから入れてえっ」

そう叫ぶなり、弥吉は佐奈を押し倒していった。布団に仰向《あおむ》けにさせると、白い太腿を摑み、ぐっと開く。

佐奈の指が恥部から離れ、さっきまで見えていた真っ赤な粘膜が、草叢の中に消える。そうなると、入り口がわからなくなるが、この草叢の中だっ、と弥吉は魔羅の先端をしゃにむに佐奈の股間に押しつけていく。

が、矛先《ほこさき》が割れ目を捉えることが出来ない。弥吉はあせりつつ、何度も突くが、入らない。

「弥吉さん、あわてないで。私の女陰は逃げないから」

「わかった。わかったよ」

ここまできたら、後《あと》のことなどどうでもいい。入れずにはいられない牡《おす》の性《さが》を感じつつ、弥吉は深呼吸をして、あらためて鎌首を草叢に当てていく。すると、今度は、先端がめりこみはじめた。

「あっ、ここだっ。入るぞっ」

弥吉は嬉々として、魔羅を押し込んでいった。

鎌首が熱い粘膜に包まれたと思った刹那、いきなり小屋の扉が開き、白髪の老人が転がりこんできた。

第二章　仲間

一

「な、なんだいっ」

「あっ、忠兵衛《ちゅうべえ》っ」

そう叫び、佐奈が弥吉を押しのけるようにして、起き上がった。

空いた布団に白髪の老人が倒れていく。血まみれだった。

「忠兵衛っ、これはっ」

倒れ伏した老人の背中は、ざっくりと袈裟懸《けさが》けに斬られていた。

「すごい刀傷だっ」

弥吉も目を見張る。

「いけない、手当をしないとっ。ああっ弥吉さんっ。麻世《まよ》を呼んできてっ」

「ま、麻世って、誰だい」

「回向院《えこういん》のそばの薬屋っ。闇で医者をやっていて……とにかく、はやく呼んできてっ」

老人の着物を裂きながら、佐奈がそう言う。

「なにしているのっ。はやくっ」

はいっ、と弥吉は飛び出した。が、素っ裸で飛び出したことに気付き、あわてて戻って着物をひっ摑むと、駆《か》けだした。

あの爺さんはいったい何者だ。佐奈は忠兵衛と呼んでいた。今まで長屋で顔を見かけたことがないが、知り合いか。もしや、始末人の仲間か。ずっと年上なのに、呼び捨てにしていたのも気になる。

これから呼びに行く麻世という医者も、闇医者と言っていたが、仲間なのか。

しかし、なんてことだい。あと少しで、男になれるところだったのに。

弥吉は、道を駆けつつ、惜しいことをしたと悔やむ。

だがよく考えれば、あのまま入れていれば出した瞬間、殺されていたに違いないのだ。

となると、あの爺さんは命の恩人ということになる。

佐奈の女陰《ほと》に包まれたかったが、命あっての物種である。

回向院のそばまで来た。すでに辺りは日が暮れてて、ひと気もなくなっている。周囲を見回しながら小走りに進むと、なかの一軒に「薬」という看板がかかっているのを見つけた。ここに違いない。

だが、すでに店は閉まっているようで、戸を叩いても誰も出てこない。弥吉は裏手にまわって勝手口を見つけた。戸は開いていて、中は台所だ。

「すいやせんっ。あのっ、すいやせんっ、麻世さん、いらっしゃいますかいっ」

奥に向かって声を掛ける。が、返事はない。その代わりに、

「あっ、ああっ」

というおなごのなんとも悩ましい声が聞こえてきた。

弥吉の胸がどきんと高鳴る。どうやら取り込み中のようだ。

「ああっ、太いものが、欲しいの……ああ、ああ、もう、指じゃいや」

おなごの声が艶めいている。どうやら、これから繋《つな》がるようだ。

「あっ、それ、大きいっ、ああ、すごく大きい」

弥吉は気付くと、台所に上がり込んでいた。麻世の相手の魔羅《まら》はでかいようだ。

「ああっ、いい、いいっ」

どうやらでかいものを入れたようだ。弥吉は抜き足差し足で、台所を横切り、奥の

部屋に向かった。襖《ふすま》がわずかに開いていた。そこから、そっとのぞく。

「あっ」

六畳の間には、おなごしかいなかった。おなごは素っ裸で、両膝を立てて、股間に右手を入れて、左手でたわわな乳房を摑んでいた。

そして右手には大きな張形《はりがた》が握られ、それを、おなごがずぼずぼと動かしている。

「ああ、ああっ、い、いいっ」

おなごの背中がぐっと反《そ》る。

たまらねえ、と弥吉は急ぎの用も忘れて、おなごの手慰みに見惚《みと》れる。

なんといっても、おなごが美形であった。まさにふるいつきたくなるような顔立ちで、その上からだも、ひどくそそる肉付きをしているのだ。

乳房はたわわに実り、太腿《ふともも》はむちっとあぶらが乗っている。銑白《ぬめじろ》い肌は三十前のものだろうか。大年増《おおどしま》だったが、まさに熟《う》れ盛《ざか》りであった。

このまま気をやるところまで見ていたかったが、そんな暇《ひま》はないことに気付く。

「あ、あのっ、こちらに麻世さんてかたっ、いませんかいっ」

手慰みの途中でいきなり男に声を掛けられ、おなごは目を見開いた。張形を深々と女陰に埋め込んだまま、弥吉を見上げる。

「ああ、いい男じゃないかい」

「えっ、あっしがですかい」

自慢じゃないが、いい男と言われたことなど、この年になるまで一度もない。

「ああ、そうだよ。ちょうどいい、魔羅を貸してくれないかい、兄さん」

「えっ、ま、魔羅を……」

「やっぱり、おもちゃじゃ、なかなか気をやれないのさ。今、穴を空けるから」

そう言いつつ、熟れ盛りのおなごが股間から張形を引き抜いていく。

「あう、うう……」

引き抜く動きに感じるのか、おなごが腰を妖しげにうねらせる。女陰から木製の張形が抜けた。生身そっくりに作られた鎌首から付け根まで、おなごの蜜でねとねとになっている。

「なにをしているんだいっ。はやく魔羅を出しておくれ」

「い、いや、麻世さんに用があるんだ。麻世さんはどこにいるんだいっ」

「麻世は私だよ。用の前に、はやくあんたの魔羅を入れておくれ。薬を調合して、あたらしい媚薬《びやく》を作ったのはいいんだけど、収まりがつかなくなってね」

「えっ、あんたが麻世さんかいっ。闇医者の!?」

医者だと聞いていたから、てっきり男だと思っていたのだ。

「ああ？　あんた、まさか彩芽《あやめ》の使いかいっ」

麻世の表情が変わった。とろけた顔から、凛々《りり》しく締まった顔に変わる。

「彩芽？　いや、俺は佐奈さんの使いだい」

「ああ、佐奈ね。わかった」

と言うと、麻世は跳ね起き、素早く身支度をし、そばにあった小箱を手にした。

「はやく、案内しとくれ。怪我かい、病かい」

「け、怪我人だっ。忠兵衛さんが危ないんだっ」

「なにっ、忠兵衛さんだって!?　それをはやく言わないかいっ」

急ぐよっ、と小袖の裾を翻《ひるがえ》し、麻世が駆け出す。弥吉は投げ出された張形に一瞬目を奪われたが、あわてて後を追った。外に出ると、麻世が待っていた。

手を繋いでくる。弥吉の胸がどきんと跳ね上がった。今宵は、佐奈に続き、麻世とまで手を繋いでしまった。

「さあっ、どこに行けばいいんだい」

「大川沿いの小屋だ」

「ああ、あの隠れ家かいっ」

「隠れ家……」

「それで？　忠兵衛さんはどんな具合なんだいっ」

走りながら、麻世が聞いてくる。気をやる寸前の状態から走っているためか、なんともそそる体臭がずっと薫ってきている。

「背中をばっさり斬られているんだ」

「まずいね。血が止まってりゃいいが。ところで、あんたはなんなんだい」

「弥吉だ。佐奈さんと同じ、裏長屋に住んでいるもんだ」

「そうかい」

「ところで、彩芽というのは、なんなのかい」

「さあね。佐奈から聞いとくれっ」

麻世の足は速く、弥吉はついていくのが精一杯だった。

二

小屋に着いて戸を開くや、弥吉は目を見張った。もぬけの殻だったのだ。

「佐奈さんっ、弥吉だっ。麻世さんを連れてきたぞっ」

小屋を見回しながら弥吉が叫ぶのを尻目に、麻世は慣れた手つきで万年床をめくると、床板を引き上げた。

「あっ、これは」

床下に地下へと続く階段があった。麻世が降りていく。弥吉も後に続いた。

すると明かりが洩れてきた。ううっ、という唸り声と、もうすぐだから、という佐奈の声が聞こえてくる。

「あっ、忠兵衛さんっ」

地下に降りた麻世が布団にうつ伏せに寝かされている老人に近寄る。忠兵衛は裸にされていた。全身あぶら汗でぬらぬらになっている。

地下は思いのほか広かった。十二畳くらいあるだろうか。真ん中に布団が敷かれ、まわりを囲むように行灯が置かれていた。

「これは、ずいぶんざっくりやられたね」

「畜生、不覚だった……まさか、用心棒を雇ってやがるとは……」

忠兵衛がうめき混じりに、そう言う。

「とにかく、縫うよ」

布団の横に、焼酎の瓶が置かれていた。それを、麻世が唇に含《ふく》むと、ぷわっと傷口に吹きかける。途端《とたん》に、ううっ、と忠兵衛がうめく。

麻世が小袖の帯に手を掛けた。結び目を解き、その場に脱いでいく。

「な、なにしているんだい」

「小袖が邪魔になるからね。裸でやるのが一番なんだ」

行灯の火に、熟れ盛りの裸体が妖しく浮かび上がる。

「へっ、いい匂いがするぞ、麻世。また、手慰みをしていたのか」

うめき混じりに、忠兵衛がそう聞く。

「当たりだよ。でも、おもちゃじゃいけなかったよ。今も躰がむずむずして仕方ないさね」

「ちゃんと縫《ぬ》ってくれよ」

「任せておきな。じゃあ、いくよ」

と言うなり、糸を通した針を、麻世が傷口にずぶりと入れていった。

「ううっ」

忠兵衛が痛みに躰をのたうたせる。

「押さえてっ」

と麻世が叫び、佐奈が忠兵衛の右腕を掴む。

「なにしているのっ、弥吉さん。左腕を押さえるのよっ」

と佐奈に言われ、弥吉はあわてて忠兵衛に近寄る。すると、確かに、いい匂いがしてきた。股間にびんびん響く匂いだ。

「うぐぐ、ううっ」

忠兵衛がうめき続ける。

一針、一針縫うごとに、いい匂いが濃くなってくる。見れば麻世も、あぶら汗まみれとなっていた。ぬらついた乳房がたまらない。こんな時なのに、弥吉は股間を疼《うず》かせていた。

「終わったよ」

やがてそう言って、麻世が額の汗を手の甲で拭う。腋のくぼみがのぞき、わずかな産毛《うぶげ》がべたりと貼り付いているのが見えた。下腹の陰りもあらわにさせているのに、腋の産毛にどきりとする。

「しばらくは安静にするんだね、忠兵衛さん。それと酒は治るまで駄目だよっ」

「すまねえ……仕掛けの途中で……」

と忠兵衛は無念そうにつぶやいている。

「ああ、久しぶりに人様を縫ったら、もう、たまらなくなったよ……。ねえ彩芽、この兄さん、あんたのなんだい？」

と麻世が佐奈に聞く。

「お隣さんです」

と佐奈が答える。

「彩芽のいい人じゃあ、ないんだね」

「そ、そうね……」

「それなら、ちょっと貸してくれないかい。気をやる前にここに呼びつけられて、もう血が騒ぎっ放しなんだよ」

「私はいいけど、弥吉さん、おなご知らずなの」

「ほう、そうなのかい」

と麻世が舌舐《な》めずりせんばかりの顔で、弥吉を見つめてくる。

「あんた、最初が私でいいかい」

と大年増が聞く。

「えっ、そ、それって」

「私で男になっていいのか、聞いてるのさ。それとも、彩芽がいいのかい」

「えっ……麻世さんと？　……その、あっしは」

麻世はすでに裸である。相変わらず、あぶら汗で白い肌がぬらぬらだ。ずっと、甘い匂いを放っている。もちろん、弥吉の魔羅もずっと勃《た》っていた。

麻世が弥吉としたい、と言っている。が、さっきまでは佐奈とやれそうだったのだ。

「あ、あの……」

「なんだい」

「あの……あっしはまぐわったら、柳原土手の男みたいに……」

弥吉は佐奈に向かって、そう聞いた。恐ろしくて最後までは口にできない。

「さっきまでは、そうなるはずだったの」

と佐奈が答えた。

「えっ、やっぱり、さっきは入れて、出したら……殺されたってことかいっ」

弥吉は甲高《かんだか》い声をあげる。

「でも、事情が変わったから、安心して、弥吉さん」

「事情が、変わったって……」

「ああ、なるほど。この兄さんに、仕掛けをやらせるってことだね」

と傍《かたわ》らで聞いていた麻世が、納得したようにうなずく。

「はやく決めなよ」

「仕掛けをやらせるって？　仕掛けって、なんの……」

さらに詳しく聞こうとした弥吉だったが、

「もう、待てないよ」

と麻世が抱きついてきた。あっと思った時には口をふさがれ、舌を入れられていた。

「う、うぐ……うう……」

舌を吸われつつ、着物の帯を解かれていく。

弥吉は麻世に圧倒されていた。たった一刻の間に、佐奈に続けて麻世とも口吸いをしていた。今まで、おなごと手も繋いだことがなかったのに、いきなりひと晩でふたりと口吸いだ。

着物の前をはだけられ、そろりと胸板を撫でられる。舌が入ってきた時より、弥吉の乳首はとがっていて、それを手のひらでこすられ、ぞくぞくした。

麻世は唾をどろりと注《そそ》ぎつつ、褌を取った。

弾けるように魔羅があらわれる。

「ああ、いいわ。魔羅も好みよ」

と言うなり、麻世は弥吉を忠兵衛の隣に押し倒し、魔羅の先端に舌をからめてきた。

「ああっ、麻世さんっ」

はじめての感覚に、弥吉は腰をくねらせる。

「麻世さん。忠兵衛のそばでするのは、刺激が強すぎるんじゃないかしら」

佐奈がそう言い、まさに鎌首を咥えようとしていた麻世を引き止めた。

「あら、そうね。ごめんなさいね、忠兵衛さん。なにせ、気をやる前だったものだから、興奮してしまって」

立って、と麻世が魔羅を摑み、弥吉を立ち上がらせようとする。

「ううっ」

弥吉がうめく中、

「いいんだ、隣でやってくれ」

と忠兵衛が言った。

「えっ、あたしは気にしないけど……いいのかい」

「ああ、おまえの匂いがどんどん濃くなってくるんだ。その匂いを嗅いでいると、痛みも薄れるよ」

「あら、私の匂いが痛み止め代わりかい」

じゃあこのままで、と魔羅から手を離し、ぱくっと先端を咥えてきた。弥吉の鎌首が、麻世の口の粘膜に包まれる。

「ああっ、たまらねえっ」

生まれてはじめての尺八。

さっきは佐奈がしゃぶる前に、弥吉が押し倒していた。あのまま邪魔が入らず、佐奈に入れて、出していたら、尺八も知らずに文字どおり昇天していたのだ。そう思うと、ぞっとするやら心地よいやらで、弥吉はぶるっと震えた。

麻世は魔羅の胴体から根元まで深く咥えてくる。そして、じゅるっと唾を塗《まぶ》しつつ、吸い上げはじめる。

「ああ、ああっ、たまらねえっ」

「あんた、尺八ははじめてかい」

うつ伏せのままの忠兵衛が、こちらを見て、弥吉に聞く。

「はじめてだいっ、ああ、魔羅が、とろけるっ」

「うんっ、うっんっ、うんっ」

麻世は悩ましい吐息を洩らしつつ、妖艶な美貌を上下させる。

ちらりと見ると、佐奈は忠兵衛の腕を優しくさすりつつ、こちらを見ていた。

「ああ、出そうだっ」

そう叫ぶなり、麻世が唇を引き上げた。唾まみれの魔羅が弾けるようにあらわれる。

「まだ、出しちゃだめだよ、弥吉さん。私をいかせてから、思う存分出しなさい」

そう言うなり、麻世が弥吉の腰を跨いできた。麻世の薄めな恥毛の向こうに、おなごの割れ目が見えている。

麻世は弥吉の魔羅を逆手《さかて》で摑み、腰を落としてきた。

剝き出しの割れ目が開いたと思った次の刹那、鎌首がぱくっと咥えこまれた。

その淫絵を、弥吉ははっきりと目にしていた。

ずずずっと、あっという間に、弥吉の魔羅は麻世の中に入っていった。

「あああっ、女陰っ、ああ、女陰っ」

弥吉の魔羅が、夢にまで見たおなごの粘膜にすべて包まれた。

麻世は完全に呑み込むと、ゆっくりと腰をうねらせはじめる。弥吉の魔羅が斜めに倒され、回されていく。

「ああっ、ああっ、いい、いいっ、気持ちいいっ」

弥吉は佐奈が見ているにもかかわらず、歓喜の声をあげまくる。麻世の肉襞はねっとりと魔羅にからみつき、きゅきゅっと締め上げてくる。

弥吉はまったく動いていない。麻世の女陰が勝手に魔羅を貪《むさぼ》り食ってきているのだ。

「なにをしている。突くんだ、弥吉。麻世を泣かせろ、泣き声が聞きたいぞ」

忠兵衛に言われ、へい、と弥吉は突き上げはじめる。先端が子宮に当たった。

「あうっ、うんっ」

麻世が形のよいあごをを反らし、軽く気をやったような表情を見せる。

弥吉はぐいぐいと突き上げていく。

「あんっ、ああっ、ああっ、あんっ」

ひと突きごとに、麻世がそそる喘ぎを洩らす。

「いい声で泣くのう、麻世。ああ、痛みがすうっと取れるぞ」

「もっと泣かせてあげて、弥吉さん」

と佐奈が言う。

へいっ、と返事をして、さらに突き上げていく。

「ああっ、ああっ、すごい、すごいよっ、ああ、上手だよっ、弥吉さんっ」

麻世の髷《まげ》が解け、ざっくりと黒髪が流れていく。

ひと突きごとに、たわわな乳房が重たげに弾み、大量のあぶら汗が白い肌を統らせる。乳首はつんととがりきっている。

麻世は全身で発情し、全身で感じていた。

「ああ、出そうだっ」

「まだだめっ、まだ気をやっていないわ」

「ああ、でも、ああ、もう、我慢出来ないっ」

「だめっ」

上の口ではだめ、と言いつつも、下の口は魔羅を強烈に締め上げてきた。

出そうだったが、弥吉はぎりぎり耐えていた。俺も男だっ、相手のおなごをいかせずに、勝手にいっては恥だ。

「どうしたのっ、突くのよっ。止めちゃだめっ」

「しかし、突けば……出ますっ」

「いいわっ。出していいわよっ。とにかく、突くのっ。麻世の女陰を突いて突いて、突きまくってっ、弥吉さんっ」

わかりやしたっ、と弥吉はとどめを刺すべく渾身《こんしん》の力で、麻世を下から突き上げた。

「あっ、気を、気をやりそうっ。もう少しよっ」

「ああ、出ますっ、ああ、もうだめですっ」

もう我慢の限界だった。弥吉も忠兵衛に負けず、あぶら汗まみれとなっていた。

「いいわっ、出してっ」

「すいやせんっ。お先にっ」

と叫び、弥吉は解き放った。麻世の中で、魔羅が脈動し、精汁が噴射する。

「あっ、い、いく……いくいくっ」

子宮に精汁を浴びた途端、麻世が気をやった。

ぐぐっと背中を反らし、弥吉の上であぶら汗まみれの熟れた裸体を、ぶるぶると痙《けい》攣《れん》させる。

いかせたのか。あっしが、美形の大年増をいかせたのかいっ。

なおも噴出させつつ、弥吉は男になった感動に震える。

が、その喜びの震えも、すぐに別の震えへと変わった。

三

佐奈が、そばに寄り添ってきていた。その手には、鋏が握られているではないか。

それを目にした刹那、弥吉の躰は凍り付いた。おなごを抱いたから、次はあの世なのか。

「ああっ、佐奈さんっ。あっしはなにも知らないんだっ」

魔羅はまだ、麻世の中に入っている。麻世はまだ弥吉の腰の上で、気をやった余韻に浸《ひた》っている。弥吉も男になった感激にもうしばらく浸っていたかったが、それどころではなくなっていた。

「弥吉さんに頼みがあるの」

佐奈はさらに美貌を寄せてくると、静かに言った。

「た、頼みって、なんだい……」

もはや俎板《まないた》の上の鯉になった弥吉は、そこに一縷《いちる》の望みを繋ぐ。

「私たちには、仕掛け人が必要なの」

「し、仕掛け人……」

「そう。本来は忠兵衛さんの役割だけど、この傷ではお役目は果たせないわ。わかるでしょう」

「ああ……わ、わかるよ」

「私がやるわけにもいかないの。〝始末〟の前に、相手に顔を見られたらまずいから」

「し、始末っ……」

田村の死体がありありと思い浮かぶ。

「私たちが仕事にかかる前、的になった人間の様子を探って、段取りを決める者が仕掛け人。そして、実際に的を始末するのが、私のような始末人」

と言って、佐奈が鍼の先で弥吉の喉をなぞった。

「ひいっ」

と弥吉は息を呑む。すると、あんっ、と繋がったままの麻世が甘い声をあげる。

「ああ、大きくなってきたわ」

「えっ、うそだろう」

忠兵衛は呆れて目を見開いた。喉に鍼を突きつけられて、大きくさせるなんて……。

「ああ、気に入ったよ。顔といい魔羅といい、良い男じゃない」

そう言いながら、麻世が腰をうねらせはじめる。

「あ、あああっ、麻世さんっ」

鍼を喉に突きつけられたまま、弥吉は喘ぐ。

首から上は凍り付いたままだったが、腰から下は熱く燃えていた。

「弥吉さんは、万次親分の下で、下っ引きをやっているでしょう。だから、誰かの様子を探るのは、得意なはず」

「あ、ああ……」

気持ちよくて、つい、喘いでしまう。

「ねえ、弥吉さん」

佐奈が喉から鍼を滑らせ、胸板に向けてくる。そして、とがっている乳首のまわりを、なぞりはじめる。

「ああ、ああ……佐奈さん」

「違うかしら」

「そ、そうだな……得意だな」

下っ引きとしては修行中の身で、得意がれるような腕前などまるでないが、得意ということにしておかなければ、このままあの世に往ってしまう。

魔羅はさらに大きくなり、麻世の熱い女陰に締め上げられている。たまらなく気持ちいい。こんな快感を知った今、あの世になんて往きたくない。

「ああ、良かった。忠兵衛さんの代わりなんて、すぐには見つからないから。それに仲間にするには、頼りになる人じゃないとね」

「な、仲間……」

「そう。もう、仲間になるしかないのよ」

と言って、佐奈が鍼で乳首をなぞった。

「ひいっ」

と叫び、弥吉はがくがくと躰を震わせる。が、繋がったままの麻世は、

「ああっ、すごいっ、また大きくなったっ」

と愉悦《ゆえつ》の声をあげる。そして、あぶら汗でぬらぬらの上半身を倒してくる。佐奈が乳首から鍼を引く。

とがりきった乳首が、麻世の乳房で押し潰されていく。と同時に、火の息を顔面に感じた。この快楽の中で、始末人という闇稼業の片棒をかつぐか、決めるのか。

「あ、あの、佐奈さんって、真《まこと》の名前ではないのかい」

「ごめんなさいね。私は本当は彩芽というのよ。佐奈は仮の名」

やはり、そうなのだ。あの穏やかで可憐な佐奈は表の顔で、この美しくて恐ろしい、どこにもいないおなごの彩芽が、裏の顔。

「じ、じゃあ、あの、やっぱり、あの夜鷹は、佐奈……いや、彩芽さんなのかい」

「そうだったら、弥吉さん、私をどうするつもりかしら」

彩芽が美貌を寄せてくる。ひどく良い香りだ。そばには、麻世の美貌もあり、胸板に乳房が押しつけられ、魔羅は女陰で包まれている。

肚《はら》が決まった。

「手伝うよ。手伝わせてくれっ」

ありがとう、と彩芽が唇を重ねてきた。麻世と繋がったまま、彩芽と舌をからめあう。

ほんの二刻ほど前までは、口吸いも知らない野郎だったのだ。それがどうだ。彩芽の唾を味わいつつ、魔羅は麻世の女陰に締め上げられている。

彩芽と麻世は、金を貰《もら》って人を殺す始末人だった。下っ引きとはいえ、人殺しの仲間になんかなってはいけない。なるべきではないし、むしろ、彩芽と麻世、そして忠兵衛を捕らえるべきなのは、ようくわかっている。

が、現実的には、捕らえる前に、間違いなく弥吉はあの世に送られる。実際、忠兵衛が邪魔しなければ、彩芽で男となり、あの世に往っていたのだから。

口吸いと女陰の良さを知った今、あの世には往きたくない。もっと、おなごを楽しみたい。もっと、麻世とまぐわい、出来たら、彩芽とまぐわいたい。仲間になれば、その機会もあるかもしれない。

すみません、万次親分っ。あっしは、おなごに弱いんですっ。

「ああ、ああっ、硬いっ。もうすごく硬いよっ」

弥吉の腰の上で、麻世が熟れ熟れの裸体をうねらせている。垂直に突き刺している魔羅を女陰全体で、貪り食っている。

思えば、これは抜かずのなんとやらじゃないかい。たっぷりと精汁を麻世の女陰に注いだまま、一度も抜くことなく、二度目を行っているのだ。

「お頭《かしら》に会わせないといけないわね」

　と彩芽が忠兵衛に聞く。

「すぐはいけませんや。わしがしくじった、今の仕事に使ってからにしなせえ。こいつが使い物になるとわかってから会わせないと、用心深いお頭のことだ、あれになるかも知れません」

　忠兵衛はかなり年下の彩芽に敬語を使っている。

「それもそうね。使い物にならなくても……あれね」

　あれってなんだっ。あれって、やっぱり……。

　と彩芽が持つ鉞を目にして、ぶるっと躰を震わせる。が、魔羅は萎《な》えない。

「やるぜっ、やってやるっ」

　そう叫ぶと、弥吉は麻世の腰を掴み、ぐいぐい突き上げていった。ああっ、と麻世がまた上体を反らせていく。

「ああっ、ああっ、いい、いいっ、魔羅、魔羅っ……ああ、いいよっ、弥吉さんっ」

　ひと突きごとに、たわわに実った乳房が上下左右に弾み、汗が乳の谷間から飛び散った。

「ああ、また、たまらぬ匂いがするぞ」

と忠兵衛が言う。

「ああ、ああ、頼んだよっ。弥吉さんっ。うまく仕掛けをやっておくれっ。そうしたら、ずっと、何度もまぐわえるよっ」

ずっと何度もまぐわえるっ。しがない下っ引きのままじゃあ、おなごには縁がないだろう。

「任せてくれっ。やってやるっ」

と叫び、さらに力強く突き上げていく。

「ああっ、い、いく、いくいくっ」

麻世がいまわの声を叫び、万力のように魔羅を締め上げてきた。

「おうっ、おうおうっ」

弥吉は雄叫びを上げて、はやくも二発目を麻世の女陰に噴射していった。

四

「くずーいっ、屑屋でござーい」

翌朝――自然と弥吉の足は泰明寺に向いていた。

本堂から、おなごの透き通った声が聞こえてくる。

「あ、い、う、え、お」

彩芽の、いや、佐奈の声だ。

「か、き、く、け、こ」

かきくけこっ、と子供たちの声がする。いつもの平和な朝だ。

弥吉は屑籠を背負ったまま、本堂の壁に顔を寄せていく。節穴からのぞくと、弥吉の目に、麗《うるわ》しいおなごの姿が飛び込んでくる。

ああ、今日も綺麗だ。今日も爽やかだ。いつもの、佐奈である。

でも、この裏にいるもう一人の顔を知ってしまった。名も、彩芽が本当の名だ。

が、わかっているつもりでも、子供たちにとびきりの笑顔を見せて仮名文字を読んで聞かせているおなごと、昨晩、弥吉とまぐわおうとし、乳首のまわりを鉞でなぞってきたおなごが、同じおなごとは思えない。

どちらかが、夢なんじゃないだろうか。弥吉は節穴からのぞきつつ、頬をつねる。

「痛《い》てえ……」

やっぱりこちらは現実だ。じゃあ、昨晩の小屋での出来事が夢なのか。

「おはよう、弥吉さん」

背後から佐奈の声がして、弥吉は思わず、ひいっと声をあげる。

「さ、佐奈さん……いつの間に……」

やはり、佐奈は始末人の彩芽なのだ。ただ者ではない。

「これから、神田かしら」

さわやかな笑顔を向けつつ、佐奈がそう聞く。その目は笑っていなかった。

「へ、へい……」

とうなずき、弥吉は本堂を後にした。


昨晩、弥吉は今回の始末の的について、聞かされた。

神田は和泉橋《いずみばし》のそばにある、小間物屋蔦屋《つたや》の若旦那である喜助《きすけ》。それが、標的の男であった。

なぜに標的になったのか、理由は聞かされていない。そもそも、お頭から依頼を受けた彩芽たちも、詳しい理由は告げられないのが普通らしい。

依頼を受けると、まずは忠兵衛が探りを入れる。そうして標的を始末しやすい時と場所を決めてゆくのだという。

どうしても良い時や場所がなければ、うまく仕留められる状況を作りだす。剣の腕の立つの田村を酔わせ、一人で寂しい路地裏に誘い込んだのも一つの手立てだ。だが今回は、蔦屋の奥にある母屋を忠兵衛がのぞいていたところ、いきなり用心棒に背中を斬られたらしい。

忠兵衛だから命を落とさず、逃げることが出来たが、普通の町人なら、あの世に往っていたらしい。

小間物屋が、そんな物騒な凄腕の用心棒を雇っていること自体、かなり胡散《うさん》臭い。喜助は命を狙われていることを知っていることになる。

「くずーいっ、屑屋でござーい」

弥吉は、まずは屑屋のなりで、蔦屋のまわりをうろついてみた。

やがて、母屋から派手な着物姿の男が出てきた。標的の若旦那に違いない。そのすぐ後から、目つきの鋭い、浪人風の用心棒がついてきているからだ。

喜助は道端にしゃがんでいた弥吉をちらりと見ると、和泉橋の船着き場に降りて、用心棒とともに猪牙船に乗り込んだ。

弥吉も急いで船着き場に降りると、近くにいた猪牙船に乗り込む。

「あれをつけてくれないか」

へい、と船頭が張り切って、棹を差す。

「旦那は岡っ引きかなんかですかい。そのなりは変装《へんそう》で？」

と船頭が聞く。

「えっ、あ、ああ、そうだ」

「さすがですね。どう見ても、屑屋ですよ、旦那」

「そうかい」

それはそうだろう。実際に屑屋なのだから。が、お上のご用と思われている。つけてくれ、と言ったからだろう。いやしかし、俺も御用聞きらしくなってきているのでは、などと勝手に思う。

「お上《かみ》の御用でな、あの猪牙船をつけている。つかず離れず頼むぞ」

「へい、合点《がってん》です」

と、船頭は嬉しそうに棹を操った。

喜助と用心棒を乗せた猪牙船は神田川から大川に出ると、上流へと向かった。やがて大川橋の船着き場で降りると、こんどは浅草へ向かう。さすが若旦那だ。浅草まで歩かず、船を使うとは。

喜助は浅草を通り過ぎ、奥山《おくやま》へと入った。隣にはずっと用心棒がついている。

奥山はさまざまな店が立ち並ぶ盛り場で、見世物小屋も多い。奥へ入ると、いかがわしい小屋も並んでいる。

そうした中に、おなごを買うだけではなく、他の客たちの前で買ったおなごとまぐわう小屋まであった。そこに、喜助は入る。もちろん用心棒もいっしょだ。

弥吉は少し考え、外で待つことにした。屑屋の籠から遊び人風の着物を出し、物陰で着替える。この界隈は、こちらの方が目立たない。

半刻ほどで、喜助が用心棒と出てきた。帰るかと思ったが、通りをさらに奥へと向かう。奥に行くほどいかがわしさが増す。

やがて、なにも看板が出てない小屋に喜助が近寄ると、中から出てきた男が、喜助に深々と頭を下げた。常連ということか。喜助はそのまま入って行く。用心棒もいっしょだ。

しばらく待つと、さっきの男が出てきた。

「この店はなんだい」

と遊び人風の弥吉が聞くと、

「縛ったおなごと楽しめますぜ、旦那」

にやりと笑いつつ、男がそう言った。

「ほう、面白そうだな。ちょっと見れるかい」

と聞きつつ、懐から小粒銀を出して、男に握らせた。

昨晩に彩芽から、ある程度の金《かね》を渡されていたので、こんな真似ができる。さっきの猪牙船の金もここから払った。下っ引きの仕事でこんな金の使い方をしていたら、下手人をあげる前にこっちが干上がってしまうだろう。

「すいやせんね、旦那。ちょっとだけですぜ」

「悪いな」

男がこちらにと小屋の裏手に、弥吉を案内する。中に入るなり、ぴしっと肉を打つ音と共に、あうっ、というおなごのうめき声が聞こえてきた。狭い通路沿いに、三つの戸が並んでいた。

「この節穴から、どうぞ」

と男が一番手前の戸を指差す。顔を寄せると、節穴があった。そこからのぞく。

すると、裸のおなごが四畳半ほどの部屋の中央に立ち、こちらに尻を向けていた。両腕が後ろ手に縛られている。

そばに、褌一枚の喜助が立っていた。馬に使うような細い鞭を持ち、それでおなごの尻をぴしっと張る。

「あうっ……」

おなごの尻には、すでに幾筋もの鞭の跡がついていた。

「もっといい声で泣くんだよっ」

と言いつつ、ぴしぴしと尻を張っていく。

おなごのそばには用心棒が胡座《あぐら》をかいていた。

「あの用心棒、いつもいるんですぜ」

と隣で男がそう耳打ちする。

「あうっ、ううっ、うんっ」

さらに何度か打たれ、おなごが膝から崩れ落ちた。すると喜助は、褌をせかせかと取り、赤く腫れた尻を持ち上げると、すぐさま、後ろから入れていった。

「ああっ、御前様《ごぜんさま》っ」

とおなごが叫ぶ。

「あのお客さん、御前様と言わせるのが好きなんですよ」

と男がそう耳打ちする。

「なるほど、そうかい」

喜助はそのまま、後ろ取りで突きまくり、何度も御前様っと嬌声をあげさせ、やがて女陰の奥へと精の礫《つぶて》を放った。

外に戻って張っていると、まもなく喜助と用心棒も出てきたが、呆れたことに二人はさらに奥へと向かい、別の小屋へと入っていった。

「奥山の三つの小屋で、それぞれ別のおなごとまぐわっているんだ。それが三日おきに続いている。すごいおなご好きだね、あれは」

弥吉は大川沿いの例の小屋で、彩芽と向かいあっていた。

「必ず三日に一度、通うのね。なら、奥山でやるのが一番かしら」

「あっしもそう思うが、ずっと、用心棒がそばにいるんだ。まぐわっている部屋の外で見張っているんじゃなくて、まさに、そばにいるんだよ」

「そばに……見られるのが好きなのかしら」

「そうかもしれねえ。最初の小屋も、まぐわいを他の客に見せる場所だからな」

「なんとか考えてみる。……ところで、この前の夜は興奮したかしら」

弥吉をじっと見つめ、彩芽がそう聞く。

「えっ」

「麻世とまぐわった時、私と忠兵衛に見られていたでしょう。興奮したかしら」

あいかわらず彩芽は、忠兵衛を呼び捨てにしている。二人がどういう関わりなのか、弥吉は不思議だった。

「いや、その、恥ずかしながら、あれがはじめてのまぐわいだったから、見られて興奮したかどうか、比べようがないんだ」

「そうね。そうだったわね。私がはじめての、おなごになるところだったのにね」

「あ、あの時、その、忠兵衛さんが入ってこなかったら、その……まぐわった後……あっしは……」

「どうかしら」

彩芽が意味深な笑みを浮かべる。ぞくぞくっと背中が凍り付くような眼差しだ。佐奈の時は絶対見せない目だ。今、目の前に座っているおなごは、佐奈とそっくりの顔をしていたが、まったく佐奈とは違う人間だ。

佐奈とは絶対まぐわえない気がするが、彩芽とはなにかの拍子にまぐわえそうな気がする。そんな雰囲気が彩芽にはある。でも、同じおなごのはずなのだ。

「それ以外になにか気付いたことはあるかしら」

「あっ、そうだっ。神田の家の前で、二人の町人が娘の仇《かたき》と言って、喜助にたちはだかったんだ」

その日、奥山からの帰りがけ、弥吉の肝をつぶす事件が起きた。

『早苗《さなえ》は、橋から飛び込んだんだよっ。喜助っ、おまえをさんざん恨《うら》んで、飛び込んだんだっ』

喜助の前に、包丁を持った町人がふたり、小間物屋の家の前で姿をあらわしたのだ。

すぐに用心棒が喜助を庇《かば》うように前に出た。

『早苗なんておなご知らないな』

と喜助はそう言った。

『な、なんだとっ』

二人の町人は顔を真っ赤にさせて怒った。

『逆恨みで死なれてもねえ。あっしはなにもしてないよ』

『早苗の恨みっ、晴らしてやるっ』

と用心棒が正面にいるにもかかわらず、二人の町人は包丁を振りかざして、突っかかっていった。

もちろん、用心棒の峰打ちにあい、あっさりと二人はその場に崩れた。

『早苗ねえ、誰だったかねえ』

と言いつつ、喜助は二人の町人の頭を踏んで、家に戻った。

「なんて奴なの」

「たぶん、あんなことがよくあるから、用心棒を雇ってやがるんだと思う」

「なるほどね。じゃあ、今回は、まぐわいは無しね」

「まぐわいは、無し……」

そういえば道場の師範の田村の時、彩芽はまぐわってから、盆の窪に鍼を刺していた。あれはなにか、特別の意味があるのだろうか。

「とにかく、用心棒を喜助から離すのが肝要らしいわね。離した時に、一気に始末することにするわ」

弥吉を見つめる彩芽の瞳はきらりと光っていた。

五

奥山――。
その日、まぐわう様子を客に見せる店で、喜助は早苗という例の娘と同じ名のおなごを買い、舞台に出た。数日前に早苗という娘が身投げした話を聞いて、こちらの早苗のことを思い出したのだ。

死んだ早苗は、喜助と出会った頃は初心な生娘《きむすめ》だった。呉服問屋に奉公している、田舎から出てきた娘だったのだ。

なにも知らないところが気に入ったが、喜助が弄ぶなかで生娘でなくなり、まぐわいの良さを知るようになると、途端に興味がなくなり、捨てたのだ。

ただ捨てたのではなく、喜助は知り合いの奥山の遊び仲間に下げ渡した。

喜助は金持ちの息子で容姿も良かった。だから、おなごに不自由することはなく、早苗のようなおなごは掃いて捨てるほどいた。

飽きれば、そうやってぼろ雑巾のように捨ててきたので、当然、恨みも買っている。

喜助が雇い入れた用心棒をふだんから連れ回しているのは、それを警戒するためもあった。

それともうひとつ。喜助は見られながらのまぐわいに、殊《こと》のほか興奮する性質《たち》だ。だから、用心棒を常にそばに置き、その前でまぐわっていた。

客席を見渡した。十人ほどの物好きが筵《むしろ》に座って、こちらを見ている。見物客からもわずかにお代をとっているのだから、ここの店主はなかなかのやり手だ。

喜助は早苗の小袖の帯に手を掛け、ぐいっと引く。すると、早苗がぐるぐると独楽《こま》のようにまわり、小袖がはだけていく。

早苗は襦袢は着ていない。いきなり白い乳房があらわれ、客たちが拍手をする。

喜助は小袖を引き下げると、腰巻きも毟り取った。いやっ、と早苗が右手で乳房を抱き、左手で股間を覆《おお》う。

「両手をあげな、早苗。万歳してみせろ」

早苗は怯《おび》えた顔で、言われるまま、両腕を上げていく。乳房があらわれ、底が持ち上がる。股間の陰りはなかなか濃かった。

腋の産毛もそそる。思えば身投げした早苗も、　腋の下の産毛がそそったことを思い出す。

喜助は生身の早苗の裸体を見つつ、身投げした早苗を思い出しながら、着物を脱ぎ、褌を取った。魔羅がぐぐっと反り返る。

「尺八だ」

と言うと、早苗がその場に膝をつき、しゃぶりついてくる。小屋の中は異様な静けさに包まれている。男たちは皆、固唾《かたず》を呑んで喜助の魔羅をしゃぶる早苗を見ている。

皆、おなごに縁がなく、おあしもないみじめな野郎ばかりだ。せいぜい、俺が早苗をよがらせるところを見て、しごいてくれ。

「よし。尻を出せ。四つん這いだ」

と命じる。一刻もはやく、自慢の魔羅をぶちこみ、小屋中によがり声を響かせたかった。早苗が唇を引いた。唾まみれの魔羅が弾けるようにあらわれる。

それを見つめる早苗の瞳がねっとりと潤《うる》みはじめていた。身投げした早苗も捨てる前の頃は、こんな目をして、俺の魔羅を見ていた。

田舎から出てきたばかりの初心な頃は、魔羅を目にするだけで、怖いと涙をにじませていたものだ。

早苗が舞台の上で四つん這いになる。腰がくびれているため、尻にかけての曲線がそそった。

「いい尻だ」

とぱしっと叩いてやる。すると、あんっ、と早苗が甘い声をあげて、ぐっと尻を突き出してきた。おなごはみんなこうだ。最後は俺の魔羅を欲しがり、尻を振るのだ。

尻たぼを掴み、入れようとした時、

「あんっ、だめだよっ」

と、おなごの艶めいた声が客席の後ろの方から聞こえた。

静まり返っているだけに、余計、おなごの声が響いた。喜助はもちろん、客達もいっせいにそちらを向いた。

「ああっ、こんなとこで、入れちゃだめだよっ、あ、ああっ」

壁の前に、小袖の前をはだけたおなごと、これまた着物の前をはだけた男が、立ったまま、抱き合っていた。ただ抱き合っているのではない。魔羅がおなごの股間に突き刺さっているのだ。

「ああっ、大きいよっ」

おなごが甲高い声をあげた。男はおなごの小袖を引き下げ、乳房まであらわにすると、たわわに揺れる乳房を掴みつつ、真正面から突いていく。

「いい、いいっ、たまらないよっ」

おなごのよがり声に引き寄せられるように、舞台を見ていた客達が客席の背後へと向かっていく。

「おいっ、なにしているっ。邪魔だっ」

客たちが誰も喜助を見なくなり、怒声をあげる。

「いいっ、魔羅いいよっ、弥吉さんっ」

おなごがよがり声をあげ続ける。

「おいっ、邪魔させるな」

と舞台の袖であぐらをかいていた用心棒に、喜助が命じた。用心棒は立ち上がると、刃を抜いて、客席へと降りる。

「ああっ、ああっ、たまらないよっ」

おなごの嬌声と客たちの興奮した声が、小屋の中に響く。

「いい加減にしねえかっ」

怒声をあげる喜助のそばに、すうっと小袖姿のおなごが寄ってきた。背後から手を伸ばし、口を押さえる。

えっ、なにをっ、と思った刹那、盆の窪に鍼が突き刺さった。ずぶりと奥まで入り、喜助の目玉が、かぁっと見開かれる。

早苗は四つん這いのまま、客席の奥を見やり、用心棒は太刀《たち》を振り回して、客たちを黙らせるのに集中していた。そんな中、弥吉に正面から突かれてよがり泣く麻世の声だけがやけに大きく響いていた。

鍼が抜かれ、喜助が崩れていく。そのまま、四つん這いの早苗に覆い被さった。

「お客さん。重いです……」

と早苗が振り向き、目を剝いた喜助を見て、ぎゃあっと悲鳴をあげた。

用心棒がしまった、と振り向き、舞台に目を向けた時には、彩芽は消えていた。

六

翌日。弥吉は彩芽と共に、深川に来ていた。二人が訪れたのは、八幡様の参道の裏手の奥にある、妾《めかけ》を囲うような小綺麗な家だ。

「あら、彩芽さんね」

と、色っぽい大年増が出てきて、奥に通された。

彩芽と弥吉は下座に座って待っていた。彩芽は珍しく、緊張したそぶりを見せている。しばらくすると襖が開き、恰幅《かっぷく》のいい男がにこにこと笑いながら入ってきた。

「元締め、ご無沙汰いたしております」

と挨拶しつつ、彩芽が深々と頭を下げた。弥吉もあわてて、頭を下げる。

失礼します、と先ほどの色気の塊のような大年増が、お茶を盆に乗せて入ってきた。湯飲みを元締めの前に置き、そして、彩芽と弥吉の前に置き、大年増は元締めの隣に座った。

「よくおいでなすった、彩芽さん。神田若旦那の件、首尾良う仕留められて何よりでした」

元締めは伊左衛門《いざえもん》といい、表の顔は深川界隈の、大物の香具師《やし》であるという。年の頃は五十ほどか。人懐《ひとなつ》こそうに笑って彩芽を褒《ほ》めている。その姿は、香具師というより田舎の好々爺《こうこうや》のような風情だ。

「はい。仕掛け途中の忠兵衛が斬られ、代わりに、この弥吉が働いてくれました」

と彩芽が言った。

「それぁ良かった。すると、この兄さんを……？」

「はい。仲間に入れても、きっと役に立つと思います」

「彩芽さんがそう言うのなら、間違いなさそうだ」

顔をおあげなさい、と言われて、弥吉は始末人の元締めを、正面から見る。

あっ、と目を見張った。伊左衛門は大年増を抱き寄せ、小袖の前をはだけて、そこから出ている白い乳房を揉んでいたのだ。

が、にこやかなまま乳を揉みつつも、弥吉を見つめる目は鋭かった。吟味《ぎんみ》するように躰のすみずみまで、じっと見つめてくる。

「志摩《しま》の乳が気に入りなすったかい、弥吉さん」

すっと元締めの声が低くなった。

「えっ、は、はい……す、素晴らしい乳、ですね」

弥吉も緊張しきっていた。

元締めの雰囲気が、あきらかに変わっている。さっきまでと同じく、顔に笑みが浮かんで、言葉も柔らかいが、こちらを見る目には、底知れない黒々とした光がある。刀を抜いているわけでもないのに、すぐさまあの世に送られそうな気がした。

「吸いたいかね、弥吉さん」

「えっ」

「この乳を吸いたいかと聞いているんだよ」

弥吉が思わず横を見ると、彩芽がうなずいた。

「吸いたいですっ。乳、吸いたいですっ」

弥吉は声を上ずらせてそう言う。

「あらら、おなご知らずみたいな目をしているわね。そんなにお乳が珍しいかしら、弥吉さん」

と志摩が言う。小袖姿でも色香むんむんゆえに、乳房を出して、志摩のまわりだけ桃色に染まって見えた。

「おなごはこの前、知ったばかりですっ」

と馬鹿正直に答えてしまう。

「面白い御方ね」

「ぞんぶんに吸うといい、弥吉さん」

元締めが、ふっと弥吉から目線を外してそう言った。

彩芽は、ほうと安堵したような息を吐いている。

これは、仲間に迎えられたということを意味しているのか。

「失礼します」

弥吉は志摩のそばへとにじり寄る。すると、乳が迫る。伊左衛門が志摩の乳房から手を離した。見るからにやわらかそうな乳房のあちこちに、桃色の手形が浮き上がっている。

乳首は真っ赤に充血して、とがりきっていた。

弥吉はためらうことなく、志摩の乳房に顔を埋めていった。豊満なふくらみの中に顔面が沈んでいく。顔面が乳だけに包まれる。

「乳首、吸って、弥吉さん」

と志摩が後頭部を撫でつつ、そう言ってくる。へいっ、と弥吉はとがりきった乳首を口に含み、そして吸っていく。

「あ、ああっ、いいわ、ああ、邪念がない吸いっぷりです、元締めっ」

「そうかい、そうかい」

「ああ、ああっ、感じるわ……ああ、弥吉さんの息吹《いぶき》を乳から感じるわ」

弥吉は一心不乱に、志摩の乳首を吸っていた。顔面は、やわらかな乳房に包まれたままだ。そこからは、なんとも言えない甘い薫りがして、くらくらになっていた。

「弥吉さん、わかっていなさるだろうが、一度この稼業に足を踏み入れたら、絶対に裏切りと足抜けはゆるされねえ。そこはゆめゆめ、忘れなさんなよ」

「う、うう、うっ」

わかっています、と返事をするも、うめき声にしかならない。

「あ、ああ……」

志摩が喘ぎ、弥吉の後頭部を撫で続けた。


「良かったわ、これで、弥吉さんとも仲間ね」

富岡八幡宮《とみおかはちまんぐう》の参道の雑踏を、彩芽と並んで歩いていた。

「よろしくお願いします、佐奈さん、いや、彩芽さん」

「どちらでもいいのよ」

「彩芽が真《まこと》の名だよね」

「さあ、どうかしら」

あいまいな笑みを浮かべる。

「あの、ひとつ聞いていいかい」

「なにかしら」

と、彩芽が澄んだ瞳を向けてくる。佐奈の目になっている。

「忠兵衛さんを呼び捨てにするよね。忠兵衛さんと、佐奈さんって、いったい、どういう間柄なのかい」

「始末人の仲間よ。それだけ」

「違うだろう」

「そのうち、わかるかしらねえ……あら、金魚掬《すく》い。やりましょうっ」

そう言うと、彩芽は金魚掬いの店に向かい、おあしを払う。丸く紙を張られた掬い枠を手にすると、さっそく金魚を掬いはじめた。

すうっと金魚が乗る。一匹、二匹、三匹と次々と掬っていく。

「すごいな、佐奈さん」

「弥吉さんも、やって」

と佐奈が掬い枠を渡す。金魚を掬おうと、水槽の中に入れると、金魚が乗った。

「今よっ」

と言われて、掬い枠を上げる。が、濡れた紙は破れていた。

「あんっ、惜しかったな」

隣を見ると、すっかり佐奈の顔になっている。

佐奈、彩芽。どちらが真の顔なのだろうか。俺はどちらの顔が好きなのだろうか。

「はい。やって」

と佐奈があらたに買った掬い枠を渡してくる。今度は掬うぞ、と弥吉は勢い込んで水槽に入れる。

「今よっ」

と言われ、掬い上げる。今度はうまくいった。

「上手だわ」

佐奈が目をキラキラさせて、手を叩いた。

第三章　媚薬

一

「また、盆の窪に鍼を刺された死体があらわれたぞ。今度は奥山だ」

「奥山ですかい」

「そうだ。神楽坂では、首をへし折られてあの世に往った奴も出ている」

「物騒なことでやすね」

それは彩芽の手口とは違う。

「やっぱりそれも、始末人なんですかい、親分」

弥吉は珍しく万次親分に誘われ、居酒屋で飲んでいた。こあがりに向かい合って座っている。

「恐らくな。どちらも下手人を見た奴がいねえ上に、ひどく手慣れたふうなんだ。素人が喧嘩のあげく殺しちまった、てのとは違う。手がかりを残していねえのも、玄人の仕事らしいと俺はにらんでいる」

「そうなんですかい」

「手口が違うが、どうも始末人によって仕留め方はいろいろあるようだ。鍼を使うのもいれば、首をへし折るのもいるんだ」

確かに、始末人が江戸で彩芽たちだけとは思えない。むしろ、もっといると考えるのが普通か。

「例の夜鷹の方は、どうだい」

弥吉は田村をやった夜鷹を探していることになっていた。なんせ、弥吉しか夜鷹の顔を知らないからだ。

「さっぱりあらわれません」

「そうかい。まあ、簡単にはあらわれないだろうな。見た顔を注意していてくれ」

これは少ないが、と万次親分が懐から小粒銀をいくつか弥吉に渡す。

「すいやせん、親分」

確かに少なかった。が、弥吉はすみません、と心の中で手を合わせながら、それを受け取る。始末人の仕事に掛かりっきりで、夜鷹の探索などやっていなかったからだ。

それに、今、弥吉の懐は暖かかった。神田の喜助をやる手伝いをした金として、屑屋の稼ぎの半年ぶんを受け取ったのだ。

喜助をやる時、用心棒を喜助から引き離し、店の中の耳目を集めるために、弥吉は麻世と派手にやっていた。麻世のようないい大年増とまぐわえて、金まで貰えるなんて、申し訳ないようだ。

それを言うと彩芽が、

『相手を窺《うかが》っている時に、用心棒に斬られることもあったの。実際、忠兵衛は斬られているわ。うまく事が運んだから、大金を貰った気がするかもしれないけれど、弥吉さんは命を張っていたのよ。むしろ、少ないくらいなの』

と言って、半年ぶんの金を弥吉の手のひらに置き、そっと重ねてきたのだ。

『次の仕掛けで、こっちがやられるかもしれないの』

そう言われて初めて、命がけの仕事をしたのだと、背筋がぞっとなった。

と同時に、それなら殺られる前に、一度でいいから彩芽と、いや、佐奈とまぐわいたいと弥吉は思うのだった。

弥吉は万次親分と別れると、真っ直ぐに回向院《えこういん》そばの薬屋に向かった。次の仕掛けでは、麻世に頼むことがあったのだ。

数日前、彩芽から次の標的を告げられていた。

こんどは内村源之介《うちむらげんのすけ》という、れっきとした旗本だ。目付《めつけ》の役についており、お役目柄か、本郷の屋敷と千代田の城の往復だけの日々を、真面目に過ごしているのだとのことだ。

本郷から江戸城までは駕籠《かご》に乗っているし、もちろん江戸城内で仕掛けたりなぞ出来るはずもないから、仕留めるとすれば屋敷の中でやるしかなかった。

とはいえ屋敷には後妻に長男、それに、中間《ちゅうげん》や使用人など入れて、二十人ほどが暮らしている。

弥吉にはひとつ考えがあった。

夜も更けていて、薬屋も閉まっていた。裏に回る。はじめて訪ねてきた時を思い出し、魔羅《まら》が疼く。あの時は、自分で調合した媚薬を飲んで、たまらず手慰みをしていたのだ。

今宵はどうだろうか。勝手口は開いていた。戸を開き、

「麻世さんっ。あっしだっ、弥吉だっ」

と中に声を掛ける。すると奥から、入っておいでっ、と麻世の声がした。残念ながら、今宵は手慰み中ではないようだ。

弥吉が中に入ると、麻世は肌襦袢姿で床に座っていた。取っ手のついた円形の板で、受け皿の中のものをごりごりとすり潰している。たしか薬研《やげん》とよばれる、薬を調合するのに使う道具だ。

「ちょうどいいところに来たわ、弥吉さん」

「そうかい」

新しい媚薬でも調合しているのだろうか。もしや弥吉相手に試すのか。麻世の女陰《ほと》の具合を思い出し、はやくも魔羅が大きくなる。

「新しい薬を試したいのよ」

「媚薬かい」

「違うわ。殿方の薬よ」

「殿方の……というと」

麻世が弥吉の股間に手を伸ばしてきた。着物越しに、褌をむんずと掴む。

「あっ、ああっ」

「弥吉さんは薬はいらないようだね」

と言いつつ、強く摑んでくる。すでに硬くなっていた魔羅は、びんびんになる。

「これじゃあ、薬を試せないねえ」

「魔羅の薬かい」

「そうだよ。おなごの躰を知ったばかりの弥吉さんには縁がないだろうけど、年を取るとねえ、こいつが言うことを聞かなくなる殿方が増えてくるのさ」

「そうなのか」

「年を食ってきかなくなるのは、なにも手や足ばかりじゃないんだよ。だから少しでも効果があらわれれば、かなりの儲けになるはずなんだ。そうだ。一発出してから飲めば、効果が確かめられるね」

「えっ」

「さあ、脱いだ、脱いだ」

と麻世が着物の帯を解き、前をはだけると、毟るように褌を取っていった。見事に勃起させた魔羅があらわれる。

「あら、もうすごいね。薬なんて、まったく必要ないわね」

「そ、そうだな……麻世さんに協力出来なくて、すまないな」

「そんなことないよ。協力してもらうよ」

そう言うと、麻世が反り返った魔羅を摑み、下から舐めあげはじめる。

「ああっ、麻世さんっ」

「ああ、惚れ惚れする魔羅だねえ。顔といい、魔羅といい好みだよ、弥吉さん」

そう言いながら、裏筋にねっとりと舌腹を押しつけてくる。

「あ、ああっ、それって、本当なのかいっ。ああ、あっしを……ああ、からかっているんじゃないのかい」

「どうしてだい」

「だって、これまで、ああ、おなごにそんなこと、ああっ、言われたことなんて……ああっ、一度もないから……」

麻世は鎌首にねっとりと舌をからませてくる。はやくもどろりと先走りの汁が出る。それを麻世は美味《うま》そうにぺろぺろ舐め取ってくる。

「おなごに、見る目がないからさ。ああ、私はあの喜助のような上っ面《つら》の色男が嫌いでね……ああ、弥吉さんのような男が好きなんだ」

「ああ、麻世さん……」

おなごに振られるたびに、母親に、そのうち、あんたがいい、というおなごがあらわれるから、とよく慰められたものだったが……。

麻世が唇を開き、ぱくっと鎌首を咥えてきた。

「ああっ……」

ちゅうっと吸われ、弥吉は腰をくねらせる。鎌首だけとろけてしまいそうだ。

麻世はそのまま反り返った胴体まで咥えると、色香あふれる美貌を上下させていく。

「うんっ、うっんっ、うんっ」

まさに、弥吉の魔羅を貪り食っていた。

「あ、ああっ、ああっ、たまらないよっ」

「う、ううっ、ううっ」

麻世が根元まで咥えたまま、見上げてくる。その目が、出して、と告げている。このまま口に出せ、ということなのか。麻世は勃起の薬を試したいと言っていた。それなら、はやく一発出した方がいいのか。

麻世の右手が蟻《あり》の門渡《とわた》りへと伸びてきた。深々と咥えこまれつつ、そろりと撫でられる。

「ああっ、そこっ」

麻世の中で、ひとまわり魔羅が太くなる。

「う、うぐぐ、うう」

麻世は眉間に縦皺を刻ませつつも、唇を引き上げない。さらに吸い上げつつ、右手の指先を肛門まで伸ばしてきた。剛毛に覆われた尻の穴をそろりと撫でてくる。

「あ、ああっ、出そうだっ、ああっ、麻世さん」

麻世が、出してと目で訴える。

「ああ、いくよ、ああ、いくよっ」

おうっ、と吠え、弥吉ははやくも、股間の劣情を解き放った。麻世の口の中で魔羅が脈動し、どくどく、どくどくと噴出する。

「うっ、うう……うう……」

麻世は美貌を引き上げることなく、しっかりと喉で受け止め続ける。

脈動はなかなか収まらず、弥吉は、おうおう、と吠え続けた。

たっぷり出し過ぎたと思ったが、自分ではどうしようもない。やっと脈動が収まり、麻世が唇を引き上げる。白濁《はくだく》まみれの魔羅があらわれる。

麻世はそのままあごを反らすと、ごくんと嚥下《えんげ》した。

「ああ、麻世さん……」

「美味しかったわ、弥吉さん」

「本当かい」

「嘘なんかつくもんか。じゃあこれ、飲んでくれるかい」

と、麻世は手早く薬研から茶碗に粉末を移し、水や、ほかの粉末を混ぜて、なにやら青くどろどろしたものを作った。見た目は気持ち悪かったが、麻世は弥吉の精汁を飲んだのだ。お礼に、これくらい飲まないと。

わかったよ、と弥吉は茶碗を手にすると、傾《かたむ》けていく。どろりと青い汁が口に入っていく。苦かった。

二

「どうかしら」

ごくりと呑み込み、苦い、と呻《うめ》いた。

そう、とうなずきつつ、麻世が肌襦袢を下げた。熟れきった乳房があらわれ、うすく汗ばんだ肌が、行灯の火に妖しく浮かび上がる。

それを目にした途端、股間がかぁっとなった。

「どうしたの？」

「いや、麻世さんの乳を見たら、ここが熱くなってきたんだ」

と、萎えつつある魔羅の下のふぐりを指差す。

「そう。熱いのね」

麻世は肌襦袢を脱ぐと、腰巻きも取った。薄い陰りがあらわれる。

麻世は陰りに指を入れると、ぐっと割れ目を開いた。弥吉の前に、燃えるような真っ赤な粘膜があらわれる。

「ああっ、麻世さんっ」

さらに股間が熱くなり、萎えかけていた魔羅が頭をもたげはじめる。

「どうかしら」

「股間がかっかしてるよ。ああ、なんか、ここに全部の血が集まってくるみたいだ」

「効いているのよ」

「そうなのかい」

「ああ、女陰を舐めてみて、弥吉さん」

わかったよっ、と弥吉は麻世の股間に顔を埋める。むせんばかりの牝《めす》の性臭に顔面が包まれる。

すると、魔羅がぐぐっと太くなる。これは勃起薬の効果というより、麻世の女陰の匂いの効果のような気がした。

弥吉は舌をのぞかせ、麻世の女陰を舐める。すでに汁でぬらぬらだった。

「ああっ、いいよ……」

麻世が弥吉の後頭部を掴み、ぐいぐい押してくる。

「う、うぐぐ、うう……」

志摩にもこうやって押されて、乳の中に埋もれていたな、と思い出す。

「ああ、ああ……どうだい、魔羅の方は」

「うぐぐ、うう……」

大きくなってきているぞ、と答えるも、うめき声にしかならない。それに気付いた麻世が弥吉の髷を掴んで、ぐっと引き上げた。

弥吉は深呼吸をする。

「見せてごらん」

と、麻世が弥吉の股間に目を向ける。

「あら、もうこんなに」

と言いつつ、八割がた勃起が戻った魔羅を掴み、しごいてくる。

「ああっ……でも、あれだぜ」

「なんだい」

「薬が効いているのか、麻世さんの女陰がたまらなくて勃起しているのか、よくわからないんだ」

「そうなのかい。私の女陰はそんなにいいのかい」

「いいよっ。麻世さんの女陰があれば、薬なんかいらないぜっ」

「うれしいこと言ってくれるけど、それじゃあ、効果がわからないね」

ちょっと離れてくれないかい、と麻世に言われ、弥吉は女薬師から躰を離す。

「もっとだよ」

部屋の隅《すみ》まで弥吉は下がった。女陰から漂う牝の匂いがなくなる。

「どうだい、これでもむずむずするかい」

麻世は立ち上がり、素っ裸のまま、両腕を上げて、腰をくねらせはじめる。

「ああ、むずむずするぜ。なんか、魔羅に一本木を入れたみたいな心持ちだ」

弥吉の魔羅が、ぐぐっと一気に反り返った。

「ふうん。効いてはいそうだけどねえ」

「どっちにしても、出したばかりでこんなになっているということは、薬を飲んで、相手が色っぽかったら、効くんじゃないのかい」

「そうかねえ」

麻世はその場に四つん這いになると、弥吉に熟れきった尻を向け、差し上げてくる。その状態で、双臀《そうでん》をぷりぷりうねらせる。

たまらなかった。股間にずんっとあらたな熱の塊をぶつけられた感じがした。

「あぁっ、股間が熱いっ。ああ、入れたいっ、入れたいんだ、麻世さんっ」

弥吉は麻世に迫っていった。うねる尻しか目に入らない。

尻たぼを摑むと、ぐっと開いた。尻の狭間《はざま》の奥に、菊の蕾《つぼみ》が見える。

「ああ、これがケツの穴かい」

「ああん、どこ見ているのさ」

「いや、おなごはケツの穴までそそるのかい。すごい生き物だなあ」

「なに変なとこに、感心しているのよ、馬鹿な男ね」

「そうさ。あっしは馬鹿な男さっ。ケツの穴、舐めてみていいかい」

「いいよ。舐めておくれ」

どうやら、舐められたことがあるようだ。まあ、この菊の蕾を目にすれば、誰だって舐めたくなるだろう。

「舐めさせてもらうよ」

と言って、尻たぼをぐっと開く。そして、尻の狭間の奥に舌をのばしていく。息を感じるのか、尻の穴がきゅきゅきゅっと動いた。

そこをぞろりと舐める。

「あんっ……」

麻世が甘い声をあげた。やはり、すでに舐められ済みのようだ。ぺろぺろ舐めると、あんやんっ、と麻世がなんとも可愛らしい声をあげる。大年増が初心な娘に戻ったようだ。

それでいて、前の割れ目から、牝の性臭がむんむん漂ってくる。尻の穴を舐めることで、女陰がさらにぐしょぐしょになっているようだ。

弥吉は尻の穴を舐めつつ、右手を前へと伸ばし、女陰に入れてみた。

「ああっ、弥吉さんっ」

麻世がぶるっと双臀を震わせる。女陰はまさに燃えるようだ。

弥吉は人差し指で、女陰を掻《か》き回しつつ、舌先をとがらせて、尻の穴に忍ばせる。

「ああっ、それっ、ああっ、それ、それ、たまらないよっ」

大年増にたまらないと言わせて、弥吉はにやつく。いっぱしの色事師になったような気分になる。

「もうだめっ、指じゃだめだよっ。魔羅を、あああっ、魔羅をどかんと入れて、弥吉さんっ」

　わかったぜっ、と弥吉は女陰から指を、尻の穴から舌先を抜き、あらためて尻たぼを開くと、今度は魔羅を入れていく。鎌首が蟻の門渡りを通り、恥部に到達する。

「あ、ああ、入れて、ああ、欲しいっ」

　鎌首が割れ目に触れた。

「あっ、そこっ、突いてっ」

　弥吉は言われるまま、ぐぐっと腰を突き出した。すると、ずぶりと鎌首がぬかるみに入っていく。

　ああっ、おうっ、という麻世と弥吉の声が重なった。

　弥吉は奥まで突き刺していく。先端から付け根まで、燃えるようなおなごの粘膜に包まれ、そして、締め上げられてくる。

「ああ、大きいよっ、弥吉さんっ」

「ああ、ああっ、締まるぜっ、ああ、麻世さんの女陰、最高だぜっ」

　弥吉は尻たぼに五本の指を食い込ませ、ずどんずどんと突いていく。なにせ、さっき一発麻世の口に出したばかりなのだ。余裕を持って、突きまくることが出来る。

　しかし、尻から腰、そして背中に掛けての眺めは絶景だった。これはおなごを後ろ取りで突ける男しか見れない眺めだ。

これまで、弥吉は目にすることが出来なかったが、これからは、何度も見ることが出来るだろう。

「あ、ああっ、気を、ああ、やりそうだよっ、弥吉さんっ……ああん、先に、いっていいかい」

なんてことだ。麻世が俺に、俺なんかに、先に気をやっていいか聞いている。まぐわい中に、俺に気を使っているのだ。

「ああ、いってくれっ、あっしの魔羅でいけるのなら、何度でもいってくれっ」

「ああ、もっと強く頼むよ」

「合点だっ」

弥吉はとどめを刺すべく、渾身の力で後ろからえぐった。

「ひいっ」

と叫び、ぐぐっと背中を反らしつつ、ついに麻世が、いくっ、と気をやった。

汗ばんだ四つん這いの裸体ががくがくと痙攣する。と同時に、女陰も強烈に締まった。

「あっ、あっしも、出るっ」

と叫ぶと共に、弥吉も二発目を放った。どくどく、どくどくと勢いよく精汁が噴き出し、大年増の子宮を白く染めあげる。

ああっ、と麻世が崩れ落ち、魔羅が女陰から抜けた。

しばらく二人で荒い息をついていると、のそりと麻世が躰を起こした。

「はあ……薬の効果をみたかったのに、とんだことになったね。そういえば、弥吉さんは、なにか用があったんじゃないのかい」

はあはあ、と荒い息を吐きつつ、背中を向けたまま、麻世がそう聞いた。

「あっ、そうだ。麻世さんに頼みがあって来たんだった」

「へえ、なにかい」

「次の仕掛けのことで、眠り薬をたくさん調合してくれないか、と思ってね」

「眠り薬……」

「目付の内村源之介をやる機会は、屋敷にいる時だけしかないようなんだ。となると、二十人ほどの同居人が邪魔になる。眠ってもらおうかと思ってね」

「なるほど。いい考えだね」

と言いつつ、麻世が振り返る。たわわな乳房があらわれ、淡い陰りがあらわれる。

その真ん中が、弥吉が出した精汁で白く汚れている。

「弥吉さんは仕掛けに向いているね」

「そうかい」

「喜助の仕掛けの時も、用心棒を喜助から遠ざけるために、私とまぐわって引き寄せようと言い出したのは、弥吉さんじゃないか」

「あれはうまくいったなあ」

「今度もうまくいくよ」

と言って、麻世が上体を起こし、萎えつつある弥吉の魔羅にしゃぶりついてきた。

「ああっ、麻世さんっ」

二発出していたが、麻世にしゃぶられ、股間がまたむずむずしてくる。

「ああ、勃起薬、効いている気がするぜ」

「う、うんっ、うっん」

たぶん、そうなのかしら、と麻世は答えたと思った。じゅるじゅると唾液を塗しつつ、魔羅を吸い続けている。これなら、三発目もすぐにやれそうな気がした。

「ああ、そうだ」

と、魔羅から上気した美貌を引くと、

「この前試していた媚薬も持っていくといいよ」

と麻世が言った。

「媚薬をかい」

「ああ、それを女中頭にでも渡して、こちらに引き込むのさ。屋敷の中の話をいろいろ聞けるようになるはずだよ」

「なるほど。それはいい考えだ」

「弥吉さんは大年増に受ける顔をしているから、うまくいくわ」

「そうなのかい」

「ああ、すごいわ。もう、こんなになっている」

弥吉の魔羅を見て、麻世の瞳が絖光る。

続けて二発も出したのがうそのように、弥吉の魔羅は力を取りもどしつつあった。

「薬、効いているね」

にやりと笑うと、ぱくっとしゃぶりついてきた。

「ああっ、麻世さんっ」

弥吉は腰を震わせながら、麻世の口の中で、魔羅を太くさせていった。

三

「ここにあるもの、全部持っていっていいわよ」

旗本の内村源之介の屋敷に、弥吉は首尾よく入り込んだ。といっても、屑屋としてなので、裏手に回った勝手口からだ。

応対に出てきた女中頭の大年増は、やけに優しくしてくれる。やはり俺は、大年増に気に入られるような面相《めんそう》をしているようだ。

これまで若い娘の尻ばかり追いかけて、振られ続けていたから、気付かなかったのか。それとも、たまたまか。なにせ、もて慣れていないから、わからない。

「ありがとうございます。一日では無理なので、しばらく通わせてもらってもいいでしょうか」

屋敷の庭の隅にある物置の前に、弥吉と女中頭のお峰《みね》は立っていた。お峰は熟れたおなごならではの味を全身から醸し出している。

物置の中は、がらくたでいっぱいで、とうてい一気には引き取れそうにない。旗本の家からすればがらくただろうが、屑屋の弥吉にしてみれば、銭に変わるものばかりだった。

「もちろん、昼の間はいつ来てもいいわよ」

「あの、お礼といってはあれですけど」

と言いつつ、弥吉は懐から三角に折った紙を取り出し、お峰に渡す。

「なにかしら、これ」

「仕事で疲れた時に飲んでください。癒《い》やされるというか、もっと疲れるかもしれませんが」

「もっと、疲れる……？」

お峰は小首を傾《かし》げながらも、受け取った。


翌日、屋敷の裏口を訪ねると、すぐに、お峰が自ら迎えに出てきた。物置に並んで向かいつつ、

「あれ、良かったわ、弥吉さん」

と言って頬を赤らめ、くなくなと腰をくねらせた。媚薬はかなり効いたようだ。しかも、まだ残っているように見える。

「そうですか。良うございやした」

「まだ、あるかしら」

頰を赤らめつつ、お峰が聞く。もちろんです、と懐に手を入るると、高価な小袖姿の女人が通り、お峰が頭を下げる。

「あら、屑屋さんですか」

と女人が聞いた。抜けるように色が白く、気品にあふれている。

「はい。屑屋でございます」

この屋敷の奥方だと思い、弥吉は深々と頭を下げる。

「たくさんあるから、皆、持っていきなさい」

「ありがとうございます」

女人が去って行く。

「あの御方は……」

「奥方様の、百合《ゆり》様よ」

「百合、様……お若いですね」

「後添《のちぞ》えなのよ。前の奥方様は三年前にお亡くなりになってね。とてもいい御方だったの。夫婦仲も良くて、それはもう、ご主人様は悲しまれたわ」

「そうですか」

「一年前、ご主人様が百合様を見初められて、後添えとしてこの家に迎えられたの。源太郎《げんたろう》様と、とても仲がよろしいのよ」

意味ありげな目つきで弥吉を見ながら、お峰がそう言った。

「源太郎様というのは？」

「ご長男よ。百合様が二つ上かしら。源太郎様と百合様の方が夫婦に見えたりするの」

「そうなのですか。そんなに仲が……」

「よろしいの」

と言って、お峰がすうっと弥吉の股間を着物越しに撫でてきた。

「あっ、お峰さん……」

「あれを飲んでから……二度も……したのよ……」

「し、した……」

「わかっているでしょう。すごいお薬よね。女陰がじんじん痺《しび》れるの。あれが欲しくて欲しくてたまらなくなるの。でも、今、私にいい人はいないのよ」

「そうなのですか」

「どうしてくれるのかしら」

と言いながら、着物越しにぐっと魔羅を掴んでくる。

「ああっ、お峰さん」

弥吉は庭の隅の物置の前で、腰をくねらせる。

「あら、すごいのね、弥吉さん」

はやくも硬くなりつつある弥吉の魔羅を掴んだまま、お峰が妖艶な笑みを浮かべる。

すると、大年増の色香が濃く匂い立ち、さらに太くなっていく。

「ご主人様に分けてあげたいわね」

と、お峰が意味深なことを言う。

「と、言いますと……？」

お峰がまわりを見て、誰もいないのを確認すると、すうっと顔を寄せ、弥吉の耳元で、

「お勃ちにならないようなのよ」

と言った。

「え、内村様は勃たないんですかい」

「しっ、声を落として。……いまの奥方様をもらってすぐ、そうなったようなの。それでね……」

「それで、なんですか」

「百合様は義理の息子の源太郎様と……その、出来ているらしいの」

「なんだってっ」

と、思わず弥吉は大声をあげた。

しいっ、とお峰が人差し指を弥吉の口に立てる。

「ここひと月くらいは、もう、家臣や中間や使用人たちにも隠さなくなってきているの。ふたりが口吸いをしているところを見たものが増えててさ。むしろ、見せているのかもしれないわね」

なんてことだい。となると、こたびの始末の依頼は、後妻からなのかもしれない。

「ああ、硬い魔羅を摑んだら、ますます入れて欲しくなったわ」

「あっしも、お峰さんに入れたいです」

「そうなの。うれしいこと言ってくれるのね、弥吉さん」

やはり、俺は大年増にもてるぞ。

「今宵、来てくれないかしら」

「大丈夫なのですかい」

「ここで、すればいいわ」

と、三分の一がらくたが減った物置を、お峰が指差す。

「なるほど、そいつは妙案ですね」

「そうでしょう。お薬ちょうだい。九つ（午前零時）に裏口に来て。薬を飲んで待っているから」

「わかりやした」

と、弥吉は懐からあたらしい媚薬を包んだ紙を取り出し、お峰に渡した。

四

その夜、弥吉は内村源之介の屋敷の裏口の戸を叩いた。すぐさま戸が開き、お峰が嬉しそうに顔を出す。

「待っていたわ」

お峰は寝間着姿だった。髷も解いて、背中に流している。昼間以上に、大年増の色香を立ちのぼらせている。弥吉は即座に勃起していた。

お峰は弥吉の手を掴んで敷地に引き入れると、すぐさま、唇を押しつけてきた。

「う、うう……」

いきなりぬらりと舌が入ってきて、弥吉は狼狽《うろた》えた。麻世が拵《こしら》えた媚薬の効き目は凄まじい。貪るような口吸いをしつつ、お峰は寝間着の前を自らはだける。すると、月明かりの下で、白い乳房があらわれた。

手首を掴まれ、かなり豊満な乳房に導かれる。

弥吉はお峰と舌をからめつつ、裏戸のそばで乳房を掴みしだいた。

「うんっ……」

甘い息が、弥吉の喉に吹き込まれる。お峰の乳はやわらかかった。五本の指が埋まっていく。そこをこねるように揉むと、うんうんっとお峰の鼻息が荒くなり、息が生ぐさくなってきた。

「行くわよ」

唾の糸を引くように唇を離すと、お峰は乳房を出したまま、弥吉の手を取り、庭の隅へと向かう。昼間、あらたにがらくたを持ち帰り、物置の中は半分ほど空いていた。

物置に近寄ると、おなごの喘ぎ声のようなものが聞こえてきた。

「あっ、ああ……」

弥吉はお峰の手をぐっと引き、止まるように合図した。

「どうしたの」

「聞こえないですかい」

「えっ」

「ああっ、ああっ……源太郎様っ」

「うそ……まさか……」

はっきりと源太郎様とこの屋敷の長男の名を呼ぶ声が、物置から聞こえてきたのだ。

「先を越されたようですね」

「そ、そうね……」

弥吉とお峰は顔を見合わせ、うなずきあうと、物置に近寄っていく。

「ああっ、あんっ、そんなっ、ああっ、おさねと、女陰っ、ああ、いっしょだなんてっ……ああ、ああっ」

「奥方様の声だわ」

お峰が火を吐くように、弥吉の耳元でそう言う。

内村源之介の美貌の後妻が、その長男と乳繰り合っているのだ。しかも、物置の中で。

「あ、ああっ、も、もう……気を、ああ、気をやりそうっ」

「奥方様が気を……」

またも、お峰が火の息を、弥吉の耳元に吹きかけてくる。繋いでいる手が汗ばんできている。

「あ、ああっ、い、いく……」

百合がいまわの声をあげ、そして静かになった。

出てくるのかとあせったが、物置の戸が開くことはなった。が、静かなままだ。

なにをしているのか。気になって仕方がない。

「物置の後に、空気入れの穴があるの」

と、お峰が相変わらず火の息で囁いてくる。

「のぞきましょう」

と言うと、物置の裏手に向かっていく。当然、弥吉もついていった。

相変わらず、物置は静かだ。なにをやっているのだろうか。

裏手にまわると、確かに物置の上の方に、小さな穴があった。弥吉はまわりを見て、踏み台を見つけると、それを穴の下に持って行った。先に、お峰が上がる。ちょっと伸びをすると、穴からのぞけた。

お峰の寝間着の裾がぐっとたくしあがり、月明かりに銑白い太腿が浮かび上がる。

なかなかの眺めに、弥吉は目を細め、たまらず、ふくらはぎに手を伸ばす。お峰は穴の中に見入っている。なにが繰り広げられているのか。

ふくらはぎを撫でていたかったが、お峰が手招きし、躰をずらして台の半分を空けるのを見て、弥吉も踏み台に上がった。弥吉は伸びをせずとも、穴からのぞけた。

おうっ、と唸りそうになった。

物置には、百合と源太郎がいたが、ふたりとも裸であった。しかも、仁王立ちの源太郎の足元に、百合が片膝をつき、見事に反り返った魔羅を舐めあげていたのだ。

静かでありつつも、出てこなかったわけだ。まだまだ、お楽しみは続いていたのだ。

いや、これからが本番か。

鎌首の裏筋を舐めあげているため、ちょうど、百合の尺八顔を見下ろせた。

うっとりと目を閉ざし、ねっとりと裏の筋を舐め上げている後妻の美貌は、ちょうど穴から入っている月明かりを受けて、婀娜な輝きをにじませていた。

褌の下で、魔羅がひくつく。百合の尺八顔を見ているだけでも、暴発しそうだ。

そのまま百合は唇を開くと、野太く張った義理の息子の鎌首を咥えていく。

「あう、うう……」

源太郎が腰を震わせる。剣術が好きなのか、鍛えられた上半身を見せている。

一方、後妻の裸体はどこもかしこも抜けるように白く、それが月明かりを受けて、白く光っていた。

「奥方様もおなごなんだね」

と弥吉の耳元で囁き、お峰が着物越しに魔羅を摑んできた。びんびんに硬くさせていることに気づき、はあっとため息を洩らす。

「うんっ、うっんっ、うんっ」

百合の美貌が上下していく。源太郎がううっとうめき、百合の乳房がゆったりと揺れる。

「ああ、あたしも魔羅、吸いたくなるよ」

弥吉の耳たぶを舐めんばかりの距離で、お峰が甘い吐息を吹き掛けてくる。

「ああっ、母上っ……出してしまいますっ」

源太郎がそう言うと、百合が美貌を引き上げた。

「旗本たるもの、女陰以外に出してはなりません。必ず、精汁はおなごの女陰に出すのです。わかりましたか」

妖しく潤んだ瞳で義理の息子を見上げ、百合がそう言う。

「わかりました、母上」

と、返事をする源太郎の鈴口から、はやくもあらたな我慢汁が出てくる。

手すさびで、外に出しっ放しだった俺は、武家にはなれないな、と弥吉は思った。

「さあ、入れるのです。出したいのなら、私の中に入れなさい」

見事に天を突く魔羅を見つめつつ、百合がそう言い、立ち上がると、物置に置かれた棚に両手をついた。むちっと熟れた双臀を義理の息子に向ける。

「ああ、母上……立ったまま、入れて良いのですか」

「ここは埃《ほこり》だらけです。横になれるところはないわ。立ってするのも、また、一興です」

夫の息子とまぐわうだけあって、腹の据わったおなごだ。

「ああ、奥方様もおなごなのね……ああ、たくましい魔羅が欲しいのね……」

それはわかるが、屋敷の主人でありながら、こんなにそそる後妻を抱けない内村源之介が哀れに思えてくる。

そうだ。麻世が拵えた勃起の薬を、内村に与えてみたらどうだろうか。

源太郎が義理の母親の尻たぼを掴み、立ったまま、後ろから入れていく。

「あうっ、ううっ」

ずぶっと入っていくのがわかり、お峰がさらに強く着物越しに魔羅を掴んできた。

「ああっ、硬いですっ、ああ、源太郎っ、魔羅、硬いですっ」

百合が愉悦の声をあげる。声をあげたいために、物置でまぐわうことにしたのだろう。屋敷の中は静まり返っている。いくら広い屋敷でも、夜中にこんな声は上げられない。

「ああ、熱いです、母上」

「ああ、もっと奥まで突いて、源太郎」

「はい、母上」

源太郎は義理の母に忠実だった。尻たぼをぐっと摑み、深々と突き刺していく。

「ああっ」

百合があごを反らし、魔羅を呑んだ双臀をぶるっと震わせる。すると、尻たぼに、色えくぼが刻まれた。

「もう、我慢出来ない」

と言うなり、お峰が踏み台の上で寝間着をたくしあげた。月明かりの下で、いきなり白い尻があらわれ、弥吉は目を見張る。

「入れて、弥吉さん。ここで今すぐ、入れて」

「いや、しかし……」

「入れないと、出入り禁止にするわよ」

「それは困る……」

これから、お峰には活躍してもらわないといけないのだ。ここは、俺の魔羅で大年増を懐柔するのだ。

「あっ、いい、いいっ」

物置から百合のよがり声が洩れてくる。

「ああ、はやく、魔羅を出して、弥吉さん」

弥吉は着物の帯を解き、前をはだけた。するとじれたお峰が褌に手を伸ばし、毟るように取った。弾けるように魔羅があらわれる。

「ああ、源太郎様と変わらないたくましさね」

旗本の嫡男と変わらないと言われ、弥吉は胸を張る。

さあ、入れて、とお峰が横を向き、あぶらの乗り切った双臀を突きつけてくる。その目は、空気穴に向いている。百合と源太郎のまぐわいをのぞきつつ、自分も同じ形で楽しもうという寸法か。

月明かりを受けて、お峰の双臀も絖白く光っている。しかしおなごの尻というのは、なんてそそる曲線をしているのだろうか。野郎の尻とはまったく違う。

「ああ、突いてっ、もっと力強く突いてっ」

「しかし、あまり突くと、出てしまいますっ」

「構いませんっ。さあ、突きなさいっ」

物置では、後妻が激しい責めをねだっている。

弥吉は尻たぼを開き、狭間に魔羅を入れていく。ずぶりと突き刺した。

「う、ううっ」

お峰がうめく。いきなり強烈に締め上げられ、弥吉もうめいた。

「こうですかっ、母上っ」

と源太郎が激しく抜き差しをはじめる。

「あ、ああっ、そうよっ、いい子ねっ、そうよっ、ああ、源太郎っ、好きっ、好きよっ」

「ああっ、母上っ、出ますっ、もう出ますっ」

「いいわっ。出してっ、女陰に出しなさいっ」

おうっ、と吠えて、源太郎が義理の母の女陰に精汁を放った。

「あうっ、うう……」

汗ばんだ白い裸体ががくがくと震える。

たっぷりと出すと、源太郎が背後より百合の裸体に抱きついた。まぐわいが終わり、静かになる。

お峰がよがったらまずい、と弥吉は深々と埋めたまま、動きを止めていたが、

「ああ、突いて」

と、お峰が腰をいやらしく振りはじめた。

「だめだよ、お峰さん」

と耳元で囁く。するとそれに感じたのか、女陰がきゅきゅっと動く。

「ああ、母上……締めてきます」

背後より抱きついたまま、源太郎がそう言う。両手で乳房を掴んでいる。

「そのまま出さずに、突くのよ、源太郎」

なんとっ、抜かずの二発をやるというのか。しかも、今出したばかりなのに。

「母上……ああ、こうして入れているだけで、どんどん大きくなります」

「ああ、感じるわ……女陰で、源太郎を感じるわ」

源太郎がはやくも腰を動かしはじめる。尻の狭間からあらわれた胴体は、大量の精汁まみれとなっている。

「あああっ、ああっ」

百合が泣きはじめたのを見て、弥吉も突きはじめる。

「あうっ、うんっ」

思わず、お峰も声をあげる。肉の襞がざわざわと動いている。

「聞かれたら、お終いだぞ、お峰さん」

「小指を噛むから……」

「ああ、ああっ、もっとっ、もっとっ」

百合の声が物置に響き渡る。

それに合わせて、弥吉もお峰の女陰を突いていく。

「んん……っ、あ、ああっ」

と、お峰が思わずよがり声をあげるが、それを凌駕するように、

「いいっ、いいわっ、源太郎っ」

と、百合が甲高い声をあげている。しかも、ふたりは自分たちのまぐわいに没頭している。まさか、のぞかれながら、使用人が同じ形でまぐわっているとは思いもよらないだろう。

「ああ、大きくなっていくっ、ああ、女陰で大きくなっていくっ、力強いわっ、源太郎っ、あなたこそ、この家の主《あるじ》に相応《ふさわ》しいわっ」

「ああっ、母上っ」

嫡男が激しく突いていく。ついさっき出したばかりゆえか、遠慮なく、若さをぶつけるように突きまくっている。

「ああ、こっちももっとっ」

節穴から奥方のまぐわいをのぞきつつ、お峰も激しい責めをねだる。弥吉もそれに応えるように、ぱんぱんと突いていく。

「いい、いいっ」

「いいっ、いいわっ」

百合のよがり声とお峰のよがり声が重なりあう。恐らく、物置の中では、自分のよがり声が反響して、天から降っているような錯覚を感じているのだろう、と弥吉は思った。

「ああ、また出そうですっ」

「ああっ、気を、ああ、気をやるまで我慢してっ、ああ、主たるものっ、ああ、おなごをいかせるのが務めよっ」

「はいっ、母上っ」

百合は夫である内村源之介の魔羅に対して、かなり不満があるようだった。

「ああっ、私も気をやりそう」

とお峰が言う。

「あっちと合わせていこうぜ、お峰さん」

と、弥吉は耳たぶを舐めつつ、そう囁く。

「あ、ああっ、出そうですっ」

「もう少しよっ、ああ、もっと強く突いてっ、ああ、百合をいかせてっ、源太郎っ」

「お峰も気をやりそうっ」

「ああ、出ますっ、母上っ」

おうっ、と源太郎が吠え、次の刹那、百合が、

「いくっ」

と叫んだ。それを耳にしつつ、弥吉も精汁をお峰の中に放つ。子宮に精汁を受けて、お峰も、

「いく、いくいくっ」

と叫び、踏み台の上でがくがくと熟れた躰を痙攣させた。

第四章　旗本

一

　数日後――お峰は井戸から汲んできた水を溜める瓶《かめ》に、弥吉から貰った眠り薬を大量に入れていった。

　皆が眠った後、この屋敷の中で弥吉と思う存分まぐわうことを思いつつ、眠り薬を仕込んでいると、それだけで、女陰《ほと》が大量に濡れて、腰巻きまで沁みていた。

　それから一刻後――弥吉が屋敷の裏の戸を叩くと、待つほどなく、開いた。

　お峰の目はすでに発情で絖光っていた。寝間着姿である。

「うまくいったようだね、お峰さん」

お峰の目を見て、弥吉はそう言った。

「ああ、もう私はたまらないよ。屋敷のどこでも、まぐわえるんだよ」

そう言って、お峰が弥吉を引き込んだ。

まだ五つ（午後八時）をまわったばかりであったが、内村源之介の屋敷は静まり返っている。

「みんな寝ているのかい」

「ああ、ぐっすりだよ。すごい薬だね」

「主の内村様もかい」

「夕餉《ゆうげ》やお茶にも、薬を仕込んだからね。殿様も、奥方も源太郎様も、家臣も、中間も使用人も皆、眠っているよ。今、この屋敷で起きているのは私だけだよ」

そう言いながら、台所の勝手口から中に入る。

媚薬と魔羅《まら》でお峰を懐柔した弥吉は、今度は是非とも屋敷の中でまぐわいたい、とお峰に持ちかけたのだ。

『もちろん、そうしたいけど、無理だよ』

『これを味噌汁やお茶に使う水に仕込むんだ』

と言って、麻世に調合してもらった眠り薬を大量にお峰に渡したのだ。最初は、さすがにお峰も渋ったが、もう媚薬も渡さないし、魔羅も入れてやれない、と言うと、弥吉の言いなりとなった。

「奥でまぐわおうじゃないか」

「でも、奥にはご主人様や奥方様がいるから」

「だから、いいんじゃないか。台所でまぐわってもつまらないだろう」

「そ、そうね……」

弥吉はお峰と手を繋ぎ、屋敷の奥へと向かう。向かいつつ、まわりの気配を探る。恐ろしいくらい、麻世の拵えた眠り薬が効いているようだ。

奥が近づくと、お峰がぎゅっと摑んでくる。はあはあ、と火の息を吐いている。

「ここが奥方の寝床だよ」

「内村様とは寝床が違うのかい」

「ここ半年くらいはずっと別々ね。そして、自分の寝床に、源太郎様を連れ込んでいるの」

「でも、この前みたいなよがり声は出せないだろう」

「だから、あの物置でまぐわっているのよ」

もうだめ、と言って、お峰が百合の寝間の前で膝をついた。そしてすぐさま、正面にある弥吉の股間に顔を押しつけてくる。

するとと弥吉の魔羅も、すぐさま褌の中で、ぐぐっと大きくなっていく。

「ああ、すごいわ、弥吉さん。緊張して縮こまったりしないのね」

と言いつつ、お峰は着物の帯を解き、前をはだけると、弥吉の褌を毟るように取っていった。見事に勃起した魔羅が、お峰の小鼻をかすめてあらわれる。

「あんっ……すごい……弥吉さんの魔羅、肝《きも》が据わっているのね」

そう言いながら、お峰は上気させた顔に、鋼《はがね》の魔羅をこすりつける。

お峰の好きにさせている弥吉が顔を上げると、廊下の向こうに、彩芽の姿があらわれた。

今宵の彩芽は裾の短い、小袖のような黒装束をまとっている。装束は袖無しで、白い二の腕が浮かび上がり、短い裾のおかげで、白い太腿も剝き出しとなっていた。

腰には深紅の太帯を締めている。髷は結っておらず、漆黒の長い髪を背中に流して、根元で結んでいた。

初めて見る装束だ。あれが始末人の装いなのか。妖しく色香に満ちた彩芽の姿を目にした途端、魔羅がさらに太くなった。ぐぐっとさらに反っていく。

「ああっ、すごいわっ」

感嘆の声をあげ、お峰がしゃぶりついてくる。彩芽が音もなくこちらに寄ってくる。弥吉はあごで奥の寝間だ、と合図する。そして、中で眠るのは源之介一人だけ、と一本指を立てて見せた。

彩芽がうなずく。その美貌は佐奈と同じだったが、雰囲気はまったく違っていた。やはり、佐奈ではなく、彩芽だ。

しかし、大胆だ。今、お峰が振り向いたらどうするのだろうか。

弥吉はぐぐっと魔羅を入れ、お峰の喉を突きつつ、後頭部に手をかける。

「う、うぐぐ……」

股間に押し付けられたお峰の目元が、弥吉の剛毛に覆われる。

すると、彩芽がすうっとふたりの脇を通っていった。その時、彩芽は弥吉の頬をそっと撫でていった。

「あっ」

と声をあげ、さらに魔羅を太くさせる。ううっ、とお峰が股間でうなっている。

弥吉は振り向き、彩芽の後ろ姿を見つめつつ、かすかに残った薫りをくんくんと嗅ぐ。それは、普段嗅ぐ佐奈のさわやかな匂いではなく、夜鷹の時の股間にびんびん来る牝の匂いだった。

彩芽が奥の寝間に入るのを見て、弥吉は魔羅を引き上げた。

「はあっ、今宵の弥吉さんの魔羅、すごいね」

「皆が眠っている屋敷の中でまぐわえると思うと、興奮しているんだ。お峰さんもそうだろう」

調べてみるかな、と言って、弥吉はそのまま廊下にお峰を押し倒し、寝間着の裾をたくしあげた。絖白い太腿があらわれ、付け根へと手を滑らせていく。

「はあっ、ああ……」

それだけで、お峰が腰をがくがく震わせる。かなり敏感になっていた。

二

内村源之介は書物を読んでいる時に眠ってしまったのか、文机《ふづくえ》に突っ伏していた。すでに寝間着姿である。

彩芽はすうっと近寄った。行灯の明かりに浮かんだ源之介を見つめる。文机の隣に、床が敷いてあった。

若い後妻をもらいつつ、魔羅が言うことをきかずに、床まで別に取るようになっているとは、源之介が哀れに思えた。せめて、あの世に往く前に、おなごの躰を堪能してもらおう、と彩芽は思った。

彩芽は懐から小さく三角に折った薬包を出すと、中の粉薬を口に含んだ。そして、源之介の顔を起こすと、そこに唇を重ねていった。

甘い唾液とともに、麻世調合の勃起薬を源之介が嚥下してゆく。

彩芽はこんこんと眠る旗本を、そっと床に運んで寝かせ、寝間着を脱がせていく。下帯を剥ぐと、魔羅が縮こまっていた。それを可愛がるように、ちょんと突く。

そうして裸にした源之介に覆い被さると、目蓋をぞろりと舐めた。さらに、自分の剥き出しの腋のくぼみを、源之介の鼻に押しつけた。

ほどなくして、小さく唸りながら源之介が目を見開いた。それを見て、彩芽はすうっと上体を起こした。

「な、なに奴……お、おなご……!? おなごがどうして……」

源之介は半分寝ぼけていた。眠り薬がまだ効いているのだろう。

「あ、ああっ」

廊下の方から、おなごの喘ぎ声が聞こえてきた。お峰の声だ。

「な、なにっ、おまえはなに奴。曲者《くせもの》かっ」

ようやく源之介は起き上がろうとしたが、彩芽が再びその躰にのしかかり、顔に白い美貌を寄せると、唇を重ねていった。ぬらりと舌を入れつつ、魔羅を掴む。すると、ぴくっと反応があった。

彩芽は唾をどろりと流しこみつつ、魔羅の裏筋をくすぐっていく。と同時に、もう片方の手でふぐりを掴み、やわやわと刺激を送っていく。

すると、魔羅がじわっと力を帯びはじめた。さすが麻世が調合した薬だ。一年近く後妻を抱けずにいる魔羅が、彩芽の女体に応えようとしていた。

彩芽は唇を引いて上体を起こし、小袖の胸元をぐっとはだけた。すると、いきなりたわわに実ったお椀型の美麗な乳房があらわれた。

「これは……」

彩芽は源之介の手を掴むと、おのがふくらみに導いた。

源之介は手を引くことなく、むんずと乳肉を掴む。

「おう、これは。なんとも、こころよい揉み心地だ……」

と唸るように言って、こねるように揉みしだきはじめる。

「はあっ、ああ……」

彩芽はかすれた声を洩らす。彩芽自身、かなり敏感になっていることに気付く。始末の時はいつもそうだ。

夜鷹に扮《ふん》して田村に突かれた時も、彩芽の躰はいつになく燃えあがった。もしかしたら、私が始末人をやっているのは、異常に燃えるまぐわいのためかもしれない、と思うことがあった。

彩芽は装束の帯を解き、はらりと布団に落とした。腰巻き一枚となる。腰巻きの中に、始末鍼を仕込んであった。

「おまえはいったい、誰だ……これは、夢の中なのか……」

彩芽は腰巻きも取り、脇に置く。そして立ち上がると、源之介の顔を跨いでいった。

「ああ、これは……」

源之介が彩芽の股間を見上げ、感嘆の声をあげる。

行灯の炎を受けた彩芽の恥部には、ひと筋の割れ目がくっきりと浮かび上がっている。淡い陰りがひと握りあるだけで、おなごの入り口は剝き出しだった。

源之介に割れ目をいきなり見せつけるために、濃い目の陰りを剃《そ》ってきていた。

彩芽は自らの指で割れ目をくつろげていく。

「あ、ああっ……女陰だ……ああ、女陰だっ」

彩芽はそのままで膝を折っていく。そして、あらわにさせた女陰を、源之介の顔面に押しつけていった。

「う、うう……」

源之介は女陰で押さえつけられたまま、唸る。怒ることも、逃れることもしない。突然あらわれた美貌のおなごの女陰を、顔面で受け入れている。

「舐めてくださいな」

と彩芽が言った。すると、ぬらりとおなごの粘膜に舌が入ってきた。

「あ、ああっ……」

ぞくぞくとした刺激に、彩芽は熱い喘ぎを洩らす。

「あ、ああっ、ああっ、いいよっ、ああ、気をやりそうだよっ」

と廊下から、おなごの甲高い声が聞こえてきた。その声にも、彩芽は昂《たか》ぶる。

どろりと蜜が溢れて、それを源之介が啜《すす》ってくる。啜る動きにも、彩芽は感じる。

「はあっ、あんっ、やっんっ」

甘い喘ぎを洩らしつつ、ぐりぐりと女陰を始末相手の顔面にこすりつける。

彩芽は始末する相手が心からの悪党ではなかった時には、あの世に送り出す前に、まぐわうことにしている。

せめてもの今生の名残に、という慈悲であった。

「おさねを、吸ってください」

と彩芽が言うと、源之介は言われるまま、おさねを口に含み、じゅるっと吸いはじめる。

「あ、ああっ……あんっ」

彩芽は上体を反らし、下半身を震わせる。

「あ、ああっ、い、いくよっ、ああ、いくよっ……」

いくっ、と廊下から甲高い声が聞こえた。いきなり静かになる。

彩芽は女陰で源之介の顔面を押さえつけたまま、裸体の向きを変えていく。逆向きになると、半勃ちになっている魔羅が目に入ってきた。

彩芽は上体を伏せると、久しぶりに勃起を見せはじめている源之介の魔羅を摑んだ。

そして、ぐいっとしごく。

「う、ううっ」

股間から源之介のうめき声がする。

「大きくなってきたわ、内村様」

そう言うと、彩芽は舌を出し、そろりと裏の筋を舐める。すると、源之介の下半身が震え、ぐぐっ、ぐぐっと魔羅が反り返りはじめる。

源之介がぴちゃぴちゃと音を立てて、彩芽の女陰を貪ってくる。

「あ、ああっ……いいわ……ああ、彩芽のお汁、美味しいかしら」

そう聞きながら、彩芽はぱくっと鎌首を咥える。先端をじゅるっと吸うと、ううっ、と股間からうめき声が聞こえ、さらに鎌首が太くなってくる。

勃起薬の効果もあるのだろうが、源之介の魔羅は刺激を与えれば、こうして勃つのだ。勃たせるための努力を、百合は後妻としてやったのだろうか。すぐに、若くて生きの良い魔羅に、乗り換えただけではないのか。

あの世に送るべきはむしろ、夫を裏切り、その嫡男の魔羅に溺れている百合ではないのか。あるいは、父を裏切り、後添えとはいえ母とまぐわう罪を犯す、源太郎ではないのか。

「う、ううっ、ううっ」

股間から大きなうめき声がする。彩芽が腰を上げると、

「見たいっ」

と源之介が言った。一瞬、なにを言っているのだろう、と思った。乳も女陰も見ているではないか、と。

だがすぐに、魔羅を、久しぶりに勃起したおのれの魔羅を見たいのだと気づき、彩

芽は裸体を脇へとずらした。

源之介が上体を起こした。

「こ、これは……」

見事に勃起したおのれの魔羅を、源之介が感嘆の目で見つめる。

「百合を、百合を呼んでくれっ」

と源之介が叫ぶ。

「百合を呼べっ」と起き上がろうとする源之介の腰に跨がり、逆手で魔羅を摑むと、彩芽はすぐさま腰を落とした。鎌首がずぶりと入ってくる。

「あうっ」

あごを反らしつつ、腰を下げると、ずぶずぶっと垂直に源之介の魔羅が入ってきた。

「お、おうっ、おうっ」

久々に魔羅が燃える女陰に包まれ、源之介はうめく。恍惚《こうこつ》の表情となっている。

「私の女陰はいかがですか、内村様」

腰の上で汗ばんだ裸体をくねらせつつ、彩芽が聞く。

「ああ、いいぞ……ああ、女陰はいいぞ……ああ、だが百合を、ああ、女房を呼んでくれ。おまえの役目はここまでで充分だ」

勃たせるために、後妻が呼んだおなごだと思っているのだろうか。

「そうですか」

彩芽は腰をうねらせつつ、上体を倒し、たわわな乳房を源之介の胸板にこすりつけていく。

「う、ううっ」

そして唇を口に重ね、ぬらりと舌を入れていく。

彩芽の中で、源之介の魔羅がさらに太くなった。

三

おさねを舐めても声をあげなくなったお峰を見て、弥吉は股間から顔を上げた。お峰はぐっすりと眠っている。

少し前に、眠り薬を仕込んだ唾を、お峰の口にどろりと流しこんだのだ。そして、しつこくおさねと女陰を舐めていた。一度気をやりさらに舐めていると、いつの間にか眠っていた。さぞや、極上の眠りだろう。

「ああっ、ああっ」

内村源之介の寝間から、彩芽の喘ぎ声が聞こえてくる。その声に引き寄せられるように、弥吉は裸のまま廊下を奥へと向かう。屋敷の中は、相変わらず静まり返っていた。

襖に手をかけ、慎重に開く。

すると、彩芽の裸体が目に飛び込んできた。

「ああっ、ああっ、内村様っ」

彩芽は源之介の股間に跨がり、茶臼《ちやうす》の体位で腰を振っていた。〝の〟の字を描くような腰のうねりが、ひどく淫らがましい。

なにより、豊満な乳房がそそった。

「ああ、突いてくださいませっ、内村様っ」

源之介はうなずくと、下から突きあげはじめる。

「あうっ、ああっ、あ、ああっ」

突かれるたびに、たわわな乳房が上下に弾む。乳首はつんとしこりきっている。

「ああ、ああっ、たくましいですっ、内村様っ」

「たくましいかっ、俺の魔羅はたくましいかっ」

「はいっ、大きくて、硬くてっ、ああ、彩芽、変になってしまいますっ」

「彩芽と申すかっ。極上の女陰をしておるなっ。ああ、俺の魔羅に吸い付いて離れないぞっ」

ああ、彩芽さんの女陰は、吸い付くのか。離れないのか。くうっ、たまらないぜ。

しかし、なんて顔をしてよがっているんだろう。

「ああっ、お乳をっ、ああ、お乳も揉んでくださいませっ」

わかった、と源之介が上体を起こした。下から突き上げつつ、上下に揺れるお椀型の乳房を鷲摑む。

「あうっ、うんっ」

源之介がこねるようにふたつのふくらみを揉みしだく。男の手で淫らに形を変える乳房を見ていると、もう我慢出来なくなる。

弥吉はすでに大量の我慢汁を出している魔羅を摑むと、しごきはじめた。

「あ、ああっ、出そうだっ、もう出そうだっ」

「出してくださいませっ、内村様っ」

「良いのか、彩芽」

「はいっ、彩芽は内村様の御精汁が欲しうございますっ」

妖しく潤ませた瞳で源之介を見つめつつ、彩芽がそう言う。

そうなのかいっ。やっぱり佐奈さんも旗本の精汁が欲しいのかいっ。そもそも、なぜ内村を始末せずに、まぐわっているんだっ。旗本だから抱かれたいのかっ。屑屋にすぎない弥吉はぎりぎりと歯ぎしりをする。

「そうかっ、旗本の精汁を欲しいかっ」

「いいえっ、違いますっ」

「違うとはなんだっ」

「お旗本だからではなく、ああっ、内村様の、ああ、源之介様の御精汁だから、ああ、彩芽は欲しいのですっ」

そう言うと、彩芽から抱きつき、口吸いを求める。

「ううっ、うんっ、ううっ」

「おおう、彩芽っ、かわいい奴めっ」

彩芽の口吸い顔のあまりの妖しさ、あまりの美しさに、思わず、弥吉は出しそうになる。

ぎりぎり我慢して、彩芽の口吸い顔を見つめ続ける。しっかりと抱きついているため、乳房が源之介の胸板に押し潰されている。それがまたたまらない。

「う、ううっ、ううっ」

ふたりはなかなか口を離さない。源之介は突きあげ続けている。

「ああっ、出るぞっ、出るぞっ、彩芽っ」

「くださいませっ」

おうっと吠え、源之介が腰を震わせた。

「あっ、あんっ」

彩芽があごを反らせ、神々しいばかりの横顔を見せつつ、背中も反らせていく。

「ああ、出る、出るっ」

源之介はなおも、脈動を続けている。久しぶりに勃起させたのだ。射精も久しぶりだろう。弥吉と違って、源之介が手すさびするとは思えないから、溜まりに溜まっていたはずだ。

やっと脈動が収まったようだ。源之介が背後に倒れ、仰向けに戻った。すると、はあはあと火の息を吐きつつ、彩芽が腰を浮かせていく。

割れ目から大量の精汁と共に、魔羅が抜け出た。それはまだ勃ったままだった。

「ああ、たくましいままですわ、源之介様」

と言うなり、彩芽がしゃぶりついていく。

「おうっ」

と源之介と共に、弥吉もうなっていた。自分が出したばかりの魔羅にしゃぶりつかれたように、一人で腰をくなくなさせる。

ああ、なんて顔をしてしゃぶるんだいっ、彩芽さんっ。

源之介が出したばかりの精汁まみれの魔羅を、うんうんと悩ましい吐息を洩らしつつ、彩芽がしゃぶっている。

「ああ、尺八なんて、いつ以来か……」

「ああ、百合様は、おしゃぶりなさらないのですか」

魔羅から上気させた美貌を上げて、彩芽が聞く。

「すぐに勃った時には、尺八を吹いていたのだが、元気がなくなってからは、ないな」

「あらそうですか。元気がない時こそ、おなごの奉仕が大切なのですけれどね」

「ああ、入れたくなった。また入れて良いか、彩芽」

「はい。お好きな形で……どうぞ」

「ああ、良きおなごじゃ。百合は良い手配りをしてくれた」

彩芽はそれには答えない。精汁から唾へと塗り変わった魔羅をゆっくりとしごいている。それを見ながら、弥吉もおのが魔羅を慎重にしごいていた。

「後ろ取りで入れてみたい」

「百合様で、よくやっていらしたのですか」

「いや、百合どころか、一度もやったことがないのだ」

「そうなのですか」

「旗本に嫁ぐおなごは、気位ばかり高くてな。後ろ取りなど、ゆるさぬのだ」

そうなのか。いや違うだろう。百合は物置で嫡男と立ったまま、後ろから突かれてよがっていたぞ。しかも、あの形は百合が望んだものだ。

嫡男相手では、自分が主導するから、気位も捨てられるのだろうか。いずれにしても、内村源之介は可哀想な旗本だ、と弥吉は思った。

彩芽が床の上で、四つん這いの形をとっていく。

弥吉からは、ちょうど、真横から見る形となり、彩芽のおなごらしい躰の曲線が堪能出来る。ほっそりとした腕、重たげに垂《た》れている乳房、細い腰から、むちっと肉が乗っている双臀に掛けての曲線は芸術ものだ。

「ああ、後ろから、御魔羅をくださいい、源之介様」

うむ、とうなずき、源之介が見事に勃起を取りもどしているおのが魔羅を惚れ惚れと見つめ、ぐいっとひとしごきした。そして、彩芽の尻たぼを摑み、ぐっと開くと、後ろから挿入していく。

「あっ、ああっ、あうっ、うんっ」

ずぶずぶと魔羅が入る様が、弥吉にはっきりと見えた。どろりと大量の我慢汁を出す。

「ああっ、熱い、なんと熱い女陰なのだっ」

深々と突き刺すと、源之介はうめく。

「突いてくださいませ。彩芽を狂わせてくださいませ、源之介様」

「狂うか、魔羅で狂うと申すか、彩芽」

「はい。おねがいします」

狂わせてやろうぞっ、と源之介がずどんずどんっと後ろから突きはじめる。すると、ひと突きごとに、彩芽が、

「あっ、いいっ、魔羅、いいっ、魔羅、いいっ」

と甲高い声をあげる。

「そうか、わしの魔羅はいいかっ」

「いいですっ、ああ、たくましいですっ」

「そうか、たくましいかっ」

源之介は力強く突きまくる。

「ああ、ああっ、もう、もう気を、やりそうですっ」

「気をやれっ、狂うまで気をやるのだっ、彩芽」

そう叫び、源之介が激しく突きまくる。

「いい、いいっ……あ、ああっ、も、もう、い、い……いきます……いくっ」

と叫び、彩芽が四つん這いの裸体をがくがくと痙攣させた。

それを見て、弥吉は暴発させていた。わずかに開けた襖から、旗本の寝間の畳に白濁をぶちまけていく。

源之介の方は、まだ出していない。さらに後ろから彩芽の女陰を突き続ける。気をやったばかりのところをさらに責められ、彩芽が、たまらないっ、と激しく首を振る。すると背中に掛かっている黒髪が舞う。

源之介はそれを掴み、手綱《たづな》を曳くように引きつつ、突いていく。

「あうっ、いい、いいっ」

彩芽の裸体が弓なりになる。

「また、また、気をやりそうですっ」

「ああ、わしも出すぞっ」

「くださいっ、ああ、ごいっしょにっ……ああ、彩芽とごいっしょにっ」

「よし、いくぞっ、彩芽っ、くらえっ」

源之介が今宵二発目を彩芽の中に解き放った。

「ああっ、い、いくっ」

いまわの声を叫び、ぐぐっと背中を反らし、そして腕を折るように床に突っ伏した。

たっぷりと出した源之介もそのまま、彩芽の裸体の上にのしかかっていく。

「心地よかったぞ、彩芽……。このように幸せを味おうたのは、久方ぶりじゃ……」

満足そうな吐息を漏らし、源之介がそのまま微睡《まどろ》みはじめる。

彩芽の目が開き、手が腰巻きに伸びた。

あっ、彩芽さんっ。

弥吉がその手に鋮が握られているのを目にした次の刹那、彩芽は肩越しに鋮を翻し、背中にのしかかる源之介の喉元へと、深々と鋮を撃ち込んだ。

「げぇっ」

汗まみれの彩芽の裸体の下で、源之介の躰が痙攣し、そして硬直した。

四

弥吉は彩芽に引っ張られるようにして、内村の屋敷を後にした。彩芽は袖なしの小袖姿、弥吉は着物一枚だ。彩芽は腰巻きを、弥吉は褌をそれぞれ手にしていた。

彩芽の躰からは、発情した牝の性臭がぷんぷん匂ってきている。

目の前で彩芽の始末人としての仕事を見て、弥吉は圧倒されていた。やはり、彩芽はひと刺しで大の男を殺ることが出来るのだ。

「喜助は即殺ったけれど、内村源之介は、まぐわってから殺ったね、彩芽さん」

月明かりの下、静まり返った屋敷街を走りつつ、弥吉はそう聞いた。

「標的が悪人でなければ、この世の最期に私は躰を与えることにしているの。せめてもの、今生の名残よ。内村は悪人ではないけれど、おなごの敵の喜助には慈悲なんていらないでしょう」

「そうでしたか……」

内村源之介が旗本だから、まぐわったのではなかったのか。弥吉は小躍りしたくなるほどに嬉しかった。

寺の門前が見えてきた。廃寺のようだ。見るからに荒れている。

「ここがいいわ」

と言うと、入りましょう、と彩芽がぐいっと弥吉の手を引いた。弥吉は倒れるようにして、参道に入る。落ち葉で埋まっている。

「ああ、疼くの……からだが、女陰が疼くの、弥吉さん」

「う、疼く……」

「始末を遂げた後はね、たまらなく魔羅が欲しくなるの」

本堂に近づく。

「魔羅が……ということは……」

あっしとこれから、まぐわうということかっ。

弥吉の魔羅が一気に天を突く。着物の前から鎌首が飛び出した。

本堂の扉を開いた。意外と綺麗だった。数え切れないほどの節穴から、月明かりが差し込んでいる。如意輪観音像には埃が積もっていたが、床のあちこちに、人の形が出来ていた。

どうやら、弥吉たちのようにまぐわうため、ここを使っている者たちがいるようだ。

「弥吉さんっ」

と言って、すぐさま、彩芽が抱きついてきた。唇をぶつけるように重ねてくる。

「彩……うう……うんっ」

彩芽さん、と名を呼ぶ前に、ぬらりと舌が入ってきて、唾をどろりと流し込まれた。

舌をからませつつ、彩芽が着物から飛び出している魔羅を摑み、ぐいぐいしごいてくる。

「う、ううっ……」

それだけで暴発しそうだ。こちらからも、と弥吉は小袖の太い帯を解き、前をはだけると、股間に手をやる。腰巻きは彩芽の足元にある。いきなり割れ目に触れる。

そのまま、指を入れていく。

「ああっ、弥吉さんっ」

唇を離し、彩芽が火の息を吐く。

「熱いぜ、彩芽さん。ああ、指がやけどしそうだ」

ぬかるみの奥まで指を入れて、掻き回す。

「ああ、指じゃいや、魔羅を入れて、ああ、待てないのっ。すぐに、このぶっといものを彩芽に入れてっ、弥吉さんっ」

ぐいっとしごき、彩芽が離れ、小袖を脱いだ。生まれたままの躰が節穴から届く月明かりに浮かぶ。

すでに、裸体は見ていたが、こうして見ると、神々しく感じた。

「ああ、如意輪様のようだ」

弥吉も着物を脱ぎ、裸になると、脱いだ着物を床に広げる。

「ここに寝て、彩芽さん」

「あら、ありがとう」

と言って、彩芽が弥吉の着物の上に横になる。両膝を立てて、開き、おいで、と手招く。

「ああ、綺麗だ、ああ、たまらないよ、彩芽さんっ」

「来て。はやく、その魔羅を」

わかった、と弥吉は膝をつき、立てた両膝をぐっと開くと、剝き出しの割れ目に鎌首を押しつけていく。

「入れるよ」

と言って、ぐっと押し込む。すると、すぐさま、鎌首が燃えるような粘膜に包まれる。

「ああっ、たまらねえ」

　これだけで、弥吉は感動に躰を震わせる。

「奥まで突き刺してっ、弥吉さんっ」

　鎌首を締め上げつつ、彩芽がそう言う。弥吉は唸りつつ、腰を突き出し、鎌首をぬかるみの奥へと進めていく。

「あ、ああっ、硬いっ、すごく硬いよっ」

「熱い、ああ、熱いぜっ」

　肉の襞の連なりをえぐるようにして、奥まで貫《つらぬ》いた。魔羅の先端から付け根まで、完全に彩芽の女陰に包まれた。

　これでもう充分だった。幸せだった。出来れば、ずっと、このまま魔羅を彩芽の中に入れたままにしておきたかった。が、なにもしないのは、発情している彩芽がゆるさない。

「ああ、突いてっ、たくさん突いてっ、彩芽の女陰を壊してっ」

　きゅきゅっと魔羅を締め上げつつ、彩芽がそう言う。

　弥吉は抜き差しをはじめた。割れ目ぎりぎりまで魔羅を引き上げ、次の刹那には、ずどんっと子宮まで突く。それを繰り返す。

「ああっ、いい、ああっ、いいっ」

彩芽の背中がぐっと反り上がっていく。と同時に両足で、弥吉の腰を挟んできた。突きの動きが鈍る。すると、

「もっと強くっ、弥吉さんっ」

女陰と太腿で締め上げつつ、彩芽がねだる。

「ああっ、たまらねえよっ」

と叫びながら、弥吉は渾身の力を込めて、彩芽の女陰を突いていく。

「あ、ああっ、気を、ああ、気をやりそうだよっ」

「ああ、やってくれっ、どんどんやってくれっ」

強烈な締め付けに耐えつつ、弥吉は腰を動かし続ける。彩芽と内村源之介のまぐわいをのぞきつつ、手すさびで出しておいて良かった。あの時出していなかったら、彩芽をいかせる前に、すでに弥吉が撃沈していたはずだ。

「あ、ああっ、もっとっ、激しくっ」

「こうかいっ」

弥吉は全身をあぶら汗まみれにさせて、魔羅をぶちこんでいく。

「ああっ、い、い……いくいくっ」

彩芽がいまわの声をあげ、がくがくと汗ばんだ裸体を痙攣させた。もちろん女陰も

痙攣していた。

弥吉は歯を食いしばり、ぎりぎり耐えた。

はあはあ、と荒い息を吐きつつ、彩芽が上体を起こしてきた。唇を重ね、貪るように弥吉の舌を吸うと、そのまま押し倒していく。

弥吉は埃まみれの床に背中をつけた。

上になった彩芽が腰を〝の〟の字にうねらせはじめる。

「ああっ、彩芽さんっ、魔羅がとろけそうだよっ」

彩芽の女陰に包まれたまま、魔羅も同じように動く。彩芽が上下に動きを変えた。天を突く魔羅が、彩芽の女陰から出入りする淫ら絵が見える。

「ああっ、あんっ」

「ああ、ああっ、彩芽さんっ……ああ、あっしの魔羅っ、彩芽さんに入っているよっ」

「そうよ。弥吉さんの魔羅、入っているわ」

彩芽が乳房を弾ませ、股間を上下させ続ける。こうなると、弥吉の方で責めを支配できないため、一気に出そうになってしまう。

「ああっ、出るよっ、そんなにしたら、出るよっ」

「だめ、まだだめよ、弥吉さん」

彩芽が上下動をやめて、上体を倒してきた。汗ばんだ乳房を弥吉の胸板にこすりつけつつ、はあっ、と火の息を顔面に吹きかける。

「ああ、ああっ……突いて、弥吉さん」

弥吉は彩芽の尻たぼに手をまわし、そして、下から突き上げる。

「ああっ、ああっ」

ひと突きごとに、彩芽が甘い息を吹きかけてくる。

「あんっ、もっと強くっ、こんなのじゃ、足りないわっ」

こうかい、と言って突き上げるも、出そうな気がして弱くなる。すると、じれた彩芽が再び、自ら上下させはじめた。

爛れきった女陰で、魔羅全体を激しくこすりあげられ、弥吉は一気に暴発へと向かう。

「あ、ああっ、出るよっ」

「まだだめっ」

と言いつつ、双臀を激しく上下させる。

「あっ、ああっ、出る、出る、いくいくっ」

おなごのような声をあげて、弥吉は今宵二発目を勢いよく彩芽の中にぶちまけた。

「ああっ、い、いく、いくいくっ」

弥吉の脈動に呼応するように、彩芽もまた気をやっていた。

「ああ、ああっ、気持ちいいよっ、ああ、彩芽さんっ」

すでに麻世でおなごは知っていたが、やはり、彩芽に、いや佐奈の女陰に出すのは格別だった。

ついに、佐奈とまぐわった。佐奈の中に出したんだ。感動で震えるものの、やはり、普段知っている佐奈と今密着している佐奈とは別のおなごのように思えた。

彩芽が裸体を起こした。鎌首の形に開いたままの割れ目からどろりと、精汁が出てくる。

彩芽はすぐさま、たった今まで自分の中に入っていた魔羅にしゃぶりついてきた。根元まで咥え、強く吸ってくる。それはお掃除尺八ではなく、また勃たせようとする吸い方だった。

「ああ、ああっ、佐奈さんっ」

と思わず、佐奈と呼ぶ。彩芽はそれを正すことなく、さらに強く吸っていく。

「ああ、佐奈と彩芽、どちらが好きなのかしら、弥吉さん」

「えっ、それはその……」

「佐奈が好きなのね。私が佐奈よ」

そう言って、勃起をとり戻しつつある魔羅にしゃぶりついてくる。うんうん、と悩ましい吐息を洩らしつつ、美貌を上下させる。

「あ、ああっ、佐奈さんっ、ああ、彩芽さんっ」

佐奈も好きだったが、彩芽も好きだった。どちらも佐奈であり、どちらも彩芽だ。

「うれしいわ。もう、こんなになって」

見事な反り返りを見せる魔羅を、彩芽が惚れ惚れするような目で見つめる。

「もっと入れて、もっと突けるでしょう」

「突けるよっ、いくらでも突けるよっ」

「じゃあ、後ろ取りで……」

と言うと、彩芽が四つん這いの形になる。弥吉に汗ばんだ双臀を差し上げてくる。

弥吉は尻たぼを掴み、後ろ取りで彩芽に入れていく。

「あ、ああっ、いいわっ、ああ、いいわっ、弥吉さんっ」

「ああ、たまらねえっ、たまらねえよっ」

弥吉はまた、彩芽を突きはじめた。

五

「くずーいっ、屑屋でござーい」

翌朝——気付けば、弥吉は泰明寺に来ていた。呼び声をやめて、境内に入る。すると本堂の扉が開き、男の子が一人出てきた。筆を手に走っていく。その後から、佐奈が出てきた。

「待ちなさいっ」

佐奈は質素な小袖姿で、きちんと髷を結っていた。

その顔を見て、弥吉は目を見開く。筆で顔にへのへのもへじと書かれていたのだ。

「こらっ、待ちなさいっ」

「いやだよっ、佐奈先生っ」

一番元気な男の子の五郎《ごろう》がこちらに駆けてくる。

佐奈の背後からぞくぞくと近所の男の子と女の子が出てくる。

五郎が弥吉に抱きついてきた。そのまま弥吉の背後に隠れる。

佐奈が追いついた。

「こらっ、こっちに来なさいっ」

落書きされた佐奈を間近で見て、弥吉は思わず笑ってしまう。

「あっ、弥吉さんまで、佐奈を馬鹿にしてっ」

佐奈が頬をふくらませて、弥吉をにらむ。にらみ顔がまた、可愛らしい。

「へのへのもへじ先生っ」

ぞろぞろ出てきた男の子と女の子がはやし立てる。

「どうして、顔にへのへのもへじを」

と弥吉が聞くと、

「弥吉さんが悪いのよ」

なじるように佐奈が言う。

「えっ、どうしてあっしが」

「だって……」

と言って、頬を赤らめる。

「子供たちにお習字させている間に、つい、居眠りしてしまって……弥吉さんのせいです」

昨晩、腰が抜けるほどまぐわい、気をやりまくったから居眠りしたというのか。

「そうだっ、弥吉のせいだっ」

と子供たちが騒ぎ立てる。

「えっ、あっしのっ、せいっ」

「弥吉さんにも書いてあげなさい」

と佐奈が言い出す。

筆を持った子供たちが、弥吉に群がってきた。

第五章　依頼

一

内村の始末を遂《と》げてからしばらく過ぎた日の、四つ（午後十時）過ぎ。弥吉は両国橋を渡っていた。

今日は屑屋の仕事がはかどり、たまの贅沢《ぜいたく》にと、小料理屋で一杯ひっかけたところだ。

始末人の仲間になり、仕掛けをはじめてからは懐は潤っているが、急に派手な金遣いをすると怪しまれるので、控えめに贅沢をしている。それでも今日はつい飲み過ぎてしまった。

ふと酔いの混じった目をあげると、橋の欄干《らんかん》に、小袖姿のおなごの姿が見えた。

ひどく思い詰めた顔だ。何事だろう。

だいたい、なんでこんな時分におなごが橋になんか、とまで考えてようやく、身投げだっ、と悟った。弥吉は、

「やめるんだっ」

と叫びつつ、おなごに駆け寄っていく。

「近づかないでくださいっ」

月明かりに浮かぶおなごの顔は青白かったが、かなりの美形だった。このような時なのに、つい見惚れてしまうような美貌だ。

「やめろ、飛び降りたら、お父っつぁんが悲しむぜ」

と言いながら、弥吉は近寄る。

「父は病で亡くなりました」

「あ……いや、おっ母さんだって、いるだろう」

「母は自害しました」

「じ、自害……!?」

なにか訳ありのようだ。まあ、訳ありだから、若い身空で身投げしようと思い詰めているのだろうが。

「そうか。なら、恨みがあるだろう」

「えっ」

「この世に恨みがあるだろう。それを晴らさずに、あの世に往ってしまうのかい」

「恨みを晴らす……って、どうやってそんなことができるんです」

それは、と口ごもっていると、おなごがぱっと欄干を掴んで、止める間も無く身を投じてしまった。

「あっ」

瞬く間に大川へと消えていく。どぼんっ、と水音が上がった時には、弥吉も飛び込んでいた。

夜の大川は危ない。なんせ、なにも見えないのだ。

そんな中、白いものが見えた。足だっ。あの美形の足だっ。

足っ、足っ。

泳ぎにも力が出て、沈みゆく足に迫り、手を伸ばした。足首を掴み、ぐっと引く。

沈みゆく人の躰は恐ろしく重い。髷が解け、水中に髪が広がっているのをよけながら、弥吉は必死におなごの躰を抱きかかえた。

そこから、どこをどうしたか覚えがないが、気づくと弥吉は、おなごを抱えて川面《かわも》に出ていた。ぷあっと息を吸い込む。おなごの美貌も川面に出ていた。

必死に水をかき、ぐったりとしたおなごの躰を岸辺に引き上げると、弥吉は迷うことなく、おなごの唇を開き、口を重ね、息を吹き込んだ。

「しっかりしろっ」

何度も息を吹き込み、胸を叩く。

ややあって、おなごがぶわっと水を吐いた。

げほっ、げほっ、と激しく咳き込むおなごを抱え、背中をさすってやっていると、おなごが強くしがみついてくる。

「もう大丈夫、大丈夫だっ」

弥吉も安堵のあまり震えながら、背中といわず肩といわず、おなごをさすって、生きていることを確かめさせた。

おなごは咳がおさまると、ふいに唇を強く押しつけてきた。それればかりではなく、舌をからませてくる。思わぬ場所で、思わぬ美形と舌をからめることになる。

唇を引くと、

「この世に私を戻したからには、手伝ってもらえますよね」

とおなごは、さっきとは違う、思いつめた目を向けてきた。

「手伝う⋯⋯」

「恨みを晴らす手伝いです」

おなごの目は月明かりを受けて、橙光っていた。

弥吉は、この世に始末人がいることを話そうか、と考えつつ、おなごに肩を貸して、河原へと上がった。

「ずぶ濡れだな。風邪を引くといけねえ。脱いだ方がいい」

「はい……」

おなごは素直にうなずき、躰にべったり貼り付いている小袖の帯を解き、脱ぎはじめる。肌襦袢があらわれた。白だ。覚悟の身投げということか。

その肌襦袢もおなごが脱いでいく。

いきなり、大川沿いの河原に、おなごの乳房があらわれた。乳房は円錐形というのだろうか、豊満なふくらみがつんと前に突き出ている。

思わず、弥吉は見惚れる。その視線に気付いたのか、自分だけ乳まで出していることに頭がまわったのか、あっ、と声をあげて、おなごが両腕で乳房を抱いた。

「す、すまねえ……あまりに……その……」

後ろ向きになった方がいいのだろうが、出来なかった。つい見てしまう。見ながら、弥吉も着物を脱ぎ、褌一枚になる。

「小袖は乾かさないとだめだな。このそばに、あっしが使っている小屋があるんだ。そこで、しばらく休まないか」

「はい……」

おなごは素直にうなずき、

「菜穂《なほ》といいます」

と名乗った。

「菜穂さんかい。あっしは弥吉だ」

「弥吉さん……」

そう名を呼んで、菜穂がじっと弥吉を見つめてくる。なにせ美形だけに、見つめられただけでもたまらない。しかも、今は菜穂が腰巻き一枚なのだ。

「こっちだ」

と言って、弥吉は川下へと歩きはじめた。しばらく歩くと、例の小屋がある。佐奈とはじめてまぐわう寸前までいった小屋だ。

二人は小屋の外で着物を脱ぐと、水を絞って軒先《のきさき》にかけ、乾かすことにした。わずかに風もあるので、朝までに少しはましになるだろう。

二人は小屋の隅にあった小さな火鉢に火を起こし、それに当たって躰を休めることにした。

火鉢を間にして、褌《ふんどし》一つ、腰巻一つだけの姿で、向かい合って床に座る。

一つだけの行灯にも火を入れたので、薄暗い中に、菜穂の丸出しの乳房が浮き上がっている。腰を下ろしている弥吉の目は、当然そこに向かっていた。

「命を助けていただいたのに、まだお礼を言っていません」

「別に、礼なんていいよ……」

菜穂の乳が見れれば、それで充分な礼となっていた。

「でも、すみません、心中《しんちゅう》では感謝していないのです……」

「菜穂さん……」

「父や母のところに往きたかったのです」

「…………」

そこまで浮世から去ってしまいたいとは、どういう目に遭ってきたのだろう。

「あの……」

「なんだい」

「頼めば人を殺めて恨みを晴らしてくれる、始末人というのが、江戸市中にいるという噂を聞いたことがあるのですが、弥吉さん、知ってますか」

「始末人……」

どきりとした。顔に出てしまっていたか。

「知っていますね」

と菜穂が言った。

「いや、あっしも噂に聞いたくらいだ」

そう答えると、弥吉のそばに寄ってきた。乳房がゆったりと揺れる。

水で冷えた躰を寄せ合うと、お互いの温もりが心地いい。

「知っているんですね、弥吉さんっ」

と菜穂が美貌をさらに近づける。甘い息がかかり、弥吉は腰をもぞもぞさせた。なんせ、極上の乳がすぐそばにあるのだ。

「いやあ、じかには、知らねえな……」

「うそ。知っている顔ですよね。私をこの世に残したのなら、弥吉さんには責任があります」

「あっしに、責任っ」

「はい。恨みを晴らす責任です」

そう言うと、唇を重ねてきた。ぬらりと舌を入れてくる。当然のことながら、弥吉はそれにからめる。

麻世、彩芽、そして菜穂と、それぞれ舌のからめ方、唾の味が微妙《びみよう》に違う。それがたまらない。

菜穂が唇を引いた。

「私は日本橋の呉服問屋の丸昌屋《まるまさや》の主である、丸昌伊助《いすけ》の妻です」

「えっ、お内儀さんなのかいっ」

欄干にいた時は、その美貌ばかりに目がいっていて、髷まで目が向いていなかった。

「父は病で亡くなる直前に、ひとり娘の私に、番頭の伊助と所帯を持つように言いました。それが遺言みたいになり、私は伊助の妻となって、丸昌屋を委《ゆだ》ねたんです」

「そうかい……。けれど丸昌屋といえば、日本橋でもかなりの大店《おおだな》じゃないかい。どうして、身投げなど」

「伊助に謀《たばか》られたことに気付いたからです」

「謀られた……」

「ここから先を聞いたら、もう、弥吉さんには必ず恨みを晴らす手伝いをしてもらいますよ。いいですね」

息がかかるほどそばで、菜穂がじっと弥吉を見つめてくる。

弥吉がうなずくと、菜穂は、

「二年前、丸昌屋に賊《ぞく》が入ったのです」

と話しだした。

「黒装束《くろしょうぞく》を着て、頭巾《ずきん》を被った賊が五人、丸昌屋に押し込みを掛けてきたのです」

「二年前かい。そんな大きな事件が、あったかなあ」

「表沙汰にしなかったからです」

「そうなのかい」

「ただ、千両箱を奪っていくだけの賊ではなかったのです」

千両箱だけを奪っていくだけじゃないとなると、目の前の美女も奪ったということか。菜穂の美貌、豊満な乳房を目にして、弥吉はごくりと生唾を飲む。

「あの晩屋敷にいた、父、母、ひとり娘の私、番頭に、手代が三人、小僧が二人、女中が五人、皆、大広間に集められました。皆、両腕両足を縛られました」

弥吉は黙ってうなずく。

「そこで……はじまったのです」

なにが、と聞かなくてもわかる。褌の下で、魔羅《まら》がぴくりと動いた。

「まずは、母が、満座の中で犯されました。五人の賊の中の頭らしき男が、母を裸に剝き、そして肉の刃で突き刺したのです」

「頭の一人だけかい」

「いいえ、賊の頭が、たっぷりと母を犯した後、番頭の伊助にやれ、と命じたのです」

「番頭に……」

「はい。伊助はぶるぶる震え、出来ません、と何度も拒みました。すると、頭らしき男が脇に控えている男から匕首《あいくち》を手にして、いきなり小僧めがけて振ったのです」

「切ったのかい」

「いいえ、ぎりぎり切られませんでしたが、小僧は失神して、洩らしてしまいました。そして、もう一度匕首を振り上げた時、母が叫んだのです」

「……」

弥吉は黙ったまま、菜穂を見つめる。

「入れてっ、と番頭の伊助に向かって、叫んだのです。伊助はそれでも出来ません、とかぶりを振っていたのですが、入れなさいっ、と父も叫び、それで裸になって、皆の前で、伊助が母を犯したのです」

「むごいな」

「それで終わりませんでした」

そうだろう。目の前に、極上のおなごがいるのだから。

「頭らしき男は、私を裸に剝き、そして犯そうとしました。母は泣き叫び、父はやめてくれ、と叫び続けました。そんな中、頭らしき男が、両親や使用人たちの前で、私の処女を散らしたのです」

「はじめての男だったのかい」

「はい……」

その時のことを思い出したのか、菜穂が腰巻きだけの躰を震わせる。弥吉はたまらず、抱き寄せた。菜穂がしがみついてくる。

「ああ、私、私……」

「菜穂さん」

弥吉は菜穂の背中を撫でる。しっとりとした肌触りだった。

「そしてまた、頭らしき男が私に出した後、番頭の伊助にやれ、と命じたのです」

「またかい」

「はい。伊助は泣きながら、出来ませんっ、と叫びましたが、また匕首をちらつかせはじめたので、入れてくださいっ、と私が叫びました」

「菜穂さん自らがかい……」

「はい。私は叫んで、足を開きました」

「………」

「女陰《ほと》からは、頭らしき男が出した精汁が出てきました。血が混じったそれを見て、母は気を失いました」

菜穂はしがみついたままだ。豊満な乳房を、胸板に感じる。

「伊助は母に出したばかりであるにもかかわらず、すでに大きくさせていました。普段接している番頭とは、まったく別人に見えました。魔羅だけが、やけに大きく見えて、目をそらしても、入ってくるのです」

「満座の中、しかも、店のお嬢様相手でも、縮こまらなかったんだな」

「はい……あの時は、男というものは、そういうものだと思っていました」

「そうだな……」

「伊助はすみませんお嬢様、すみません菜穂様、と謝りながら、私に入れてきました。そして、母同様、私の中で果てたのです」

菜穂がさらに強く乳房を押しつけてきた。

「それだけすれば、奉行所には訴えないと思ったのでしょう。賊は去ってゆきました。そうして私たちも、どこにも訴え出られなかったのです」

菜穂の声がさらに震えだす。

「それからは父も母も、死んだような顔をして暮らしていました……。そしてひとまわり（一週間）後、母は首を吊って自害してしまって……」

菜穂が嗚咽しはじめ、乳房が小刻みに震えた。

「それきり父は寝込んでしまい、店のことは伊助に任せました。賊は蔵にあった千両箱の半分を奪っていきましたが、どうにか呉服屋の商いに支障は出ないよう、やっていけました。ですが父はどんどん加減が悪くなり、そして、半年ほど過ぎた頃、死期を悟ったのか、私に伊助と夫婦になり、丸昌屋を盛り立てて欲しい、と言って、しばらくしてあの世に往ってしまいました」

「そうかい。大変だったたな」

「父が亡くなった後、私は伊助と夫婦になりました。私にとって、もう頼りになるのは伊助だけでした。伊助は商売が上手《うま》く、丸昌屋は変わらず大店のままでいます。父も母も亡くなり、失意の中にいましたが、伊助のお陰でどうにか生きてこられました。でも、聞いてしまったのです」

そこでまた、菜穂が強くしがみついてきた。たわわな乳房は、弥吉の胸板で押し潰されて脇からはみ出た。

「伊助が、油問屋の近江屋《おうみや》の主の松三《まつぞう》と話しているのを」

そこで、菜穂が黙った。弥吉は背中をさすってやる。しっとりと、手のひらに吸い付いてくる。

「二日前ことです。私は浅草で、伊助が見知らぬ男と並んで歩いているのを見掛けたのです。後ろ姿でしたが、躰が凍り付きました」

「賊の頭だったのかい」

「はい。もちろん、事件の夜には黒装束を着て、頭巾も被っていましたが、私の処女花を散らした相手です。一生忘れることが出来ない男です。姿形を見て、あの夜のことを鮮烈に思い出しました。あの賊に間違いない。でもどうして、賊と伊助が共に浅草を歩いているのか、わかりませんでした。それで私は二人の後をつけたんです」

話が意外なほうに転がり、弥吉はごくり、と唾を飲み込む。

「二人はしばらくすると居酒屋に入りました。おなご一人で入るのはためらいましたが、私も中に入り、女中にお金を渡して、二人がいる部屋の近くにひそませてもらったんです。ちょうど手前の部屋が空き部屋で、そこで私は聞き耳を立てました。すぐ隣に、あの賊の頭がいると思うと、躰が震えてたまりませんでしたが、恐ろしいのを堪えていたんです。すると聞こえてきたのです」

そこで、菜穂が顔を弥吉に向けてきた。真っ青になって、唇が震えている。その唇を菜穂が重ねてきた。しばらく抱き合ったまま、舌をからめあった。

それで少しは落ち着いたのか、菜穂は唇を引くと、

「伊助と賊の頭は、楽しそうに酒を酌《く》み交わしていました。私の躰の抱き心地を話して……そ、それから母を犯した話もしてっ」

菜穂は悔しさのあまり唇を嚙み締めている。

「伊助は、賊の頭のことを、〝近江屋さん〟と呼んでいました。よく聞いていると、あの夜の賊の頭は、近江屋の主人の松三だったんです」

「なんてことだい……」

「伊助は、すべて近江屋さんがあの晩、押し込みをしてくれたお陰ですよ。丸昌屋とその娘を一気にものに出来たわけですからね、と言っていました。そして、いつものお礼と言って……たぶん金を渡しているようでした。私はその時、すべてが仕組まれたものだと悟り、愕然としました。賊がすんなりと裏木戸から入ってきたことが、かねてから不思議だったのです。裏木戸の戸締まりはいつも気をつけていましたから。

でも、わかりました。伊助が裏木戸の閂《かんぬき》を外していたのです。丸昌屋と私をものにするために、近江屋とぐるになって、押し込みをやり、母を犯し、私を犯したのです」

「なんてえ外道どもだ……」

「そうして私を騙したまま、伊助はなにくわぬ顔で、毎晩、私を抱いているのです。それに耐えきれず、私は父と母のもとに往こうと思って、身を投げました」

「そうかい……」

「弥吉さん。恨みを晴らしてくれますよね」

「あ、あっしが、かい……」

「始末人、知っていますよね」

「えっ……」

「顔に知っていると書いてありますよ」

と言って、菜穂が弥吉の顔を指先でなぞってきた。

二

「こんな時分になんですか」

と、腰高障子の向こうから、佐奈の声がする。弥吉は菜穂を本所の裏長屋に連れてきていた。

「すまねえ。やんごとないことが起きてしまって」

と言うと、心張り棒を外す音がして、腰高障子が開いた。

「あら……」

弥吉の隣に立つ菜穂を見て、佐奈は目を丸くさせた。

「すまないが、ひと晩、このひとを預かってもらえないかい」

「菜穂と申します」

菜穂が佐奈に向かって深々と頭を下げる。

「訳ありのようですね」

「そうなんだ、とびきりの訳ありなんだよ。あっしのところに泊めるわけにもいかなくて」

「あら、そうなの」

と、佐奈が弥吉を見つめてくる。

「さっき、身投げしたところを助けたんだ」

「えっ……」

「とにかく頼む、佐奈さん」

「わかりました」

佐奈の顔が、一瞬、彩芽の顔になった。


翌朝――ほとんど眠れなかった弥吉が井戸端に出ると、そこに佐奈と菜穂がいた。顔を洗っている。

「始末の件、引き受けました」

弥吉の顔を見るなり、佐奈がそう言った。

「いいのかい」

「ただ、元締めに話を通さなければなりません。話を通さず、私たちだけでやることは御法度《ごはっと》です」

「そうかい」

「日暮れになったら、富岡八幡様に行きましょう」

わかった、と弥吉はうなずいた。菜穂はどこか晴れやかな表情をしていた。佐奈にすべてを話し、始末人のことも聞いたのだろう。

「弥吉さんにこんないい方がいらっしゃるんですね」

と菜穂が言った。

「えっ、いや、佐奈さんとは、そんな関係じゃないぜ」

「あら、そうなの？」

と佐奈が顔を覗き込んでくる。

「えっ……いや、そうなのかい」

「あら、なにがかしら」

とはぐらかし、菜穂と顔を合わせ、うふふと笑う。

佐奈とはまぐわってはいたが、あれは始末の仕事をして昂ぶっていたからだ。それに、あれは彩芽としてまぐわっていた。佐奈ではない。

今、目の前で菜穂と話している佐奈は、やはり別人にしか見えなかった。


日暮れ時――弥吉は佐奈と菜穂と共に、深川に来ていた。八幡様の参道の裏手の奥にある元締めの家を訪ねた。

「あら、今日は新顔ね」

玄関に出てきた大年増の志摩が、菜穂を見て妖艶に笑った。

「仲間ではなく、依頼の方《かた》です」

と佐奈が言う。

「どうぞ」

と志摩が奥に通す。下座で待つと、すぐに元締めの伊左衛門が、にこにこと笑顔をたたえてあらわれた。

「今日は、起こりの方を連れてきなすったとか」

上座につき、伊左衛門が笑顔の奥の、あの暗く恐ろしい目で、菜穂を見詰めた。

菜穂は底知れない瞳に恐れおののきながらも、視線をそらさず、じっと涙目になりながら元締めを見返す。

「いい目をしてなさる」

まったく笑っていなかった元締めの目が、本当にほころんだ。

失礼します、と志摩が茶を運んでくる。皆の前に茶を出すと、伊左衛門の隣に座った。

伊左衛門は茶をひと口啜ると、志摩の身八つ口に手を入れ、乳を摑みつつ、

「お話、お伺《うかが》いましょう」

と言った。ありがとうございます、と頭を下げ、菜穂が話しはじめた。

「殺《や》るのは、丸昌屋の主人の伊助と近江屋の主。それで間違いございませんね」

菜穂が話をするあいだ、伊左衛門はうんうん、とうなずいて親身に聞いていたが、やがて話が終わると、真面目な顔になって確かめた。

笑顔でなくなると、伊左衛門の目玉は、ぎょろりとしてひどく目立つ。

なんて目をしてるんだ。弥吉は思わず息をのんだ。

「はい。近江屋の主は、松三と申します」

「さいですか。始末料は二人で、しめて三十両だ」

菜穂が息を呑む。

「なまの銭でないといけません。金子《きんす》をここに持ってきたら、すぐに取りかかりやす」

伊左衛門がさっきまでの笑顔とは反対の、鋭い顔つきでそう言うと、菜穂は首をふった。小さく震えている。

「あの、お金はございません」

と菜穂が言った。

「ほう」

伊左衛門は予想していたのか、別段驚きはしなかった。

「それで、どうなさるね」

菜穂が立ち上がった。そして小袖の帯に手を掛ける。

「な、菜穂さん……」

一番驚いたのは、弥吉だった。佐奈も志摩も表情を変えない。

菜穂が帯を解き、小袖を脱いだ。佐奈から借りた肌襦袢があらわれる。それの腰紐も解き、ためらうことなく、一気に引き下げた。

すると、たっぷりと実った乳房があらわれた。円錐形でつんと上に突き出ている。

「ほう、なかなか見事な乳をしてなさる」

伊左衛門が目を細める。隣で、志摩が悶《もだ》える。乳房を強く揉まれたのだろうか。

菜穂はさらに腰巻きも脱いでいった。下腹に、思ったよりも濃い陰りがあらわれる。

正座したままの弥吉の隣で脱いでいるため、ちょうど目の高さに、菜穂の茂みがあった。

「この躰を買っていただきたいのです」

「ほう、この躰が三十両の価値があるというのか、菜穂さん。なかなかの自信がありだねえ。なあ、志摩」

「そうですね……あっ、ああ……」

志摩が火の息を洩らし、くなくなと熟れ盛りの躰をくねらせる。

「ほ、女陰を、ご覧ください……」

そう言うと、菜穂は濃い目の茂みに自らの指を入れていく。

割れ目を開くと、菜穂のおなごの粘膜が漆黒の中からあらわれる。

「ほう」

と、伊左衛門が身を乗りだした。それを見て、弥吉も思わず横を見る。すると目に、桃色にぬめ光る粘膜が飛び込んできた。じわっと濡れていくのがわかる。

「もっと、よく見せてくれないか」

さらに身を乗りだし、伊左衛門がそう言う。はい、と菜穂は震える指でさらに割れ目を開いていく。

菜穂の女陰は生娘のような桃色だったが、それがじわっと赤く染まっていく。

「なるほど、三十両の価値はあるようだ」

菜穂から金を取らないのであれば、彩芽たちへの始末料は、伊左衛門が払うことになる。伊左衛門次第なのだ。

「こっちに来い」

左手を志摩の身八つ口に入れたまま、右手で手招く。もはや口調は商人のようではなく、殺しの稼業をまとめる江戸の裏社会の大物のものだった。

　菜穂は割れ目を開いたまま、伊左衛門のそばに寄っていく。

　すると伊左衛門がいきなり菜穂の股間に顔を埋めていった。うんうん、唸りながら、顔面を菜穂の股間にこすりつける。左手では、志摩の乳を揉んだままだ。

「あっ……ああ……」

　菜穂が敏感な反応を見せる。女陰は桃色だったが、やはり、そこは人の妻だ。番頭だった伊助は、もちろん丸昌屋の身代が欲しかったのだろうが、それ以上に、お嬢様の躰が欲しかったのではないか。

　だから自分のものにしたら、毎晩のようにまぐわっているに違いない。

　伊左衛門が菜穂の女陰を舐めはじめた。ぴちゃぴちゃと淫らな音がする。すると、

「あっ、ああっ……はあっ、あんっ」

と、菜穂がなんともいい声で泣く。それは伊左衛門も感じたのか、顔を上げると、

「いい声だ、菜穂。やはり泣き声は大事だからな」

　はやくも呼び捨てにして、再び、顔を埋める。

「ああっ、ああっ……旦那様……」

　伊左衛門をそう呼びつつ、菜穂が白い裸体をくねらせる。

弥吉からだと、菜穂の尻のうねりが見える。尻たぼは高く、尻の狭間は深い。見ていると、狭間になにかを突っ込みたくなる。

「ああっ」

と甲高い声をあげて、菜穂がその場に崩れた。あらわれた伊左衛門の口のまわりが、菜穂の蜜でねとねとになっていた。

「女陰の汁も上等だ」

そう言うと、伊左衛門が立ち上がった。それを見て、志摩が着物の帯に手を掛ける。帯を解き、着物をはだけ、そして褌も脱がせた。勢いよく魔羅があらわれた。

三

隣で、はあっ、と火のため息が洩れる。弥吉は佐奈の横顔をちらりと見る。すると、元締めの魔羅を見つめる瞳が妖しく絖《ぬめ》っていた。

瞳は佐奈ではなく、彩芽のものになっていた。唇は半開きで、そこからため息を洩らし続けている。

反り返った魔羅を目にして、菜穂がすうっと唇を寄せていった。

野太く張った先端にくちづける。さすが、人の妻だ。尺八をしろと、命じなくても、魔羅を出すだけでわかるようだ。

菜穂はちゅっちゅっと先端にくちづける。伊左衛門が斜めに向いているため、菜穂の横顔が弥吉にも見えた。恐らく、弥吉に見せるために、斜めを向いているのだ。いや違う。佐奈に見せるためだ。

実際、佐奈は菜穂が舌を這わせはじめた元締めの魔羅をじっと見ている。

伊左衛門は五十過ぎくらいに見えたが、さすが深川の香具師だ。魔羅は若々しい。

菜穂が裏の筋をペロリと舐めあげた。

「ううっ……」

と伊左衛門が声をあげた。ひくひくと魔羅が動く。菜穂はそこを急所と見たのか、しつこくぺろぺろと舐めあげていく。

ああ、裏の筋、たまらねえっ。見ている弥吉も腰をもぞもぞさせる。

そのまま咥えるかと思ったが、違っていた。菜穂は反り返った胴体を舐め下げ、ふぐりにぱくついたのだ。

ふくろを唇に含むと、中の玉を舌でころがしはじめる。

「おう、これはこれは……玉ころがしがうまいのう」

伊左衛門が唸る。菜穂の頬がぐっと窪み、そしてふくらみ、また窪む。ころがしつつ、玉を吸っているのだ。

「おまえを嵌《は》めた番頭の仕込みか」

と伊左衛門が聞くと、菜穂は玉を吸ったまま、うなずく。

「玉ころがしは、志摩より上手いぞ」

「あら、そうなんですか。私はもう用無しですねぇ」

菜穂がふぐりから唇を引いた。そして、右手で魔羅を摑み、斜めに倒すなり、ぱくっと鎌首を咥えていった。鎌首の根元まで咥えると、そこで、鎌首全体を吸いはじめる。

「ああ、たまらん」

伊左衛門が腰をくなくなさせる。

「あら、そんなに気持ちいいんですか、旦那様。妬《や》けますね」

志摩がぞくりとするような色っぽい目で、伊左衛門を見上げる。艶めいた尺八を見せる菜穂を見て、躰を火照《ほて》らせているようだ。ふと、隣から、甘い体臭が薫ってきた。

隣を見ると、佐奈がはあっと火の息を洩らしている。志摩同様、菜穂の尺八を見て、躰を熱くさせているようだ。

「うんっ、うっんっ……うんっ」

菜穂が悩ましい吐息を洩らしつつ、美貌を上下させていく。魔羅の根元まで咥えこむと、じゅるっと唾を塗しつつ、唇を引き上げ、また呑み込んでいく。

それにつれ、たわわな乳房がゆったりと揺れる。すでに、乳首はつんととがりきっている。

「ああ、いい顔をして尺八を吹くのね、菜穂さん。見ているこっちがたまらなくなってくるわ」

と言うなり、志摩がいきなり小袖を諸肌に下げた。肌襦袢は着ておらず、豊満な乳房が剝き出しになる。それを、菜穂の尺八顔を見ながら揉みはじめる。

「志摩さん……」

弥吉もたまらなくなるが、魔羅を出すわけにもいかない。

「よし、尺八は合格だ。あとは、女陰の締め付け具合だな」

伊左衛門がその場であぐらをかいた。跨がってこい、と股間を指差す。はい、と甘くかすれた声で返事をした菜穂が、伊左衛門に抱きつこうとする。

「向こうを向いて繋がれ、弥吉が見たがっているだろう」

「ありがたいです、元締め」

と弥吉は素直に認める。

菜穂がこちらを向いた。そして、背中を伊左衛門に押しつけ、魔羅を逆手で持つと、腰を落としていく。漆黒の草叢に鎌首が当たる。

そのまま菜穂が腰を落とすと、ぱくっと割れ目が開き、真っ赤に燃えた粘膜がのぞいたと思った刹那、鎌首を呑み込んでいく。

「あうっ、うんっ……」

菜穂が形のよいあごを反らせ、火の息を吐く。その間にも、ずぶずぶと魔羅が入っていく。いや、菜穂の女陰が咥えこんでいく。

瞬く間に、伊左衛門の魔羅が菜穂の中に呑み込まれた。

伊左衛門は背後より手を伸ばし、たわわに実った乳房を鷲摑む。

「あうっ、ううっ」

菜穂が甘い喘ぎを洩らす。

「弥吉、どんな顔で泣いておるか」

腰をうねらせつつ、伊左衛門が聞く。

「あ、ああ、なんとも言えない顔です」

「なんとも言えないじゃ、わからないだろう」

「すいやせん……ああ、あの、魔羅にきます。魔羅にびんびんくる顔で泣いています」

「そうか。見たいな」

伊左衛門が繋がったまま、まわれ、と命じる。菜穂がちらりと弥吉を見つめ、そして、汗ばみはじめた裸体を垂直に突き刺さっている魔羅を軸にまわしはじめる。

「あ、あうっ……うう……」

「おう、魔羅がひねりあげられるぞ……ああ、これはたまらん女陰だ」

伊左衛門がうめく中、菜穂が裸体の正面を伊左衛門に向ける。すると、魔羅が尻の狭間に突き刺さっている淫ら絵がはっきりと見える。

佐奈が弥吉の手を摑んできた。五本の指を、ねっとりと五本の指にからめてくる。佐奈の指は白魚《しらうお》のようで、弥吉の指は節くれ立っていて、おなごの白い裸体と野郎の無骨な躰がからみあっているように見える。

伊左衛門が下から突き上げはじめた。尻の狭間を魔羅が上下に出入りする。

「あ、ああっ、ああっ、旦那様っ」

ひと突きごとに、菜穂がいい声で泣く。すると、さらに佐奈が指をからませてくる。手のひらは汗まみれだ。

横を見ると、潤んだ瞳で、魔羅で突かれている菜穂の尻を見つめている。唇はずっと半開きのまま閉じることがない。

「おう、女陰が吸い付いてくるぞ。これは極上だ。吉原にもめったにない女陰だ」

伊左衛門が唸りつつ、魔羅で突き上げ続ける。

「あ、ああっ、ああ、も、もう、気を……やりそうです、旦那様っ」

「もうか、菜穂。勝手に気をやるのか」

「ああっ、ごめんなさいっ、ああ、旦那様の魔羅が……ああ、あまりに気持ち良すぎてっ、ああ、菜穂っ、もう我慢出来ませんっ」

「気をやる顔をはっきりと見せろ」

と言いつつ、伊左衛門が上下動を激しくする。

「あ、ああっ、ああっ、い、いきます……いきますっ……あ、ああ、ああっ、い、い……いくうっ」

菜穂のいまわの声が、奥座敷に響き渡る。

「ああ、なんて締め付けだっ、ああ、わしもいくぞっ」

「くださいっ、旦那様っ」

おうっ、と吠えて、元締めも菜穂の中に放った。

「あっ、いくいくっ」

精汁を子宮に浴びて、菜穂は続けて気をやった。

すると、弥吉は股間を掴まれた。はあっ、と火の息を吐き、佐奈が着物越しに強く握ってくる。

「ああ、たらまないねえ」

と言って、志摩が腰巻きも脱ぎ、あらわになった恥部にずぶりとおのが指を入れた。

「ああっ、いいっ」

気をやった余韻に、伊左衛門と菜穂が浸っている中、今度は、志摩の泣き声が奥座敷に流れはじめた。

菜穂が立ち上がった。女陰からどろりと精汁を垂らしつつ、すぐさま、たった今まで女陰に入っていた魔羅にしゃぶりついていく。

「うんっ、うっんっ、うんっ」

いきなり根元まで咥えこみ、美貌を上下させる。

「ああっ、たまらんっ」

出してすぐの濃厚な尺八に、伊左衛門も唸る。驚くことに、すぐさま、伊左衛門の魔羅が力を取りもどした。

「後ろ取りだ」

と伊左衛門が言うと、菜穂は言われるまま、四つん這いの形を取った。菜穂の上気した美貌が、弥吉と佐奈の目の前に迫った。すぐに、伊左衛門が突いた。

「あぁっ」

眉間に深い縦皺を刻んだ美貌が、ぐっと反る。菜穂の熱い息が、弥吉にかかる。

「ああ、菜穂さん……」

佐奈も腰をもぞもぞさせはじめる。

「ああっ、あぁっ、元締め様っ……ああ、菜穂をっ、ああ、三十両で……ああ、買ってくださいますかっ」

菜穂が叫ぶ。

「ああ、たまらんっ、たまらんっ、女陰だっ」

伊左衛門は顔面を真っ赤にさせて、菜穂を後ろ取りで突きまくる。

「いい、いいっ、魔羅いいっ」

菜穂が叫ぶ中、佐奈が弥吉の着物の帯を解き、前をはだけてきた。

「さ、佐奈さん……」

褌も取り、弾けるようにあらわれた魔羅をじかに摑んできた。

「ああ、もっとつ、ああ、もっと突いてくださいっ。元締め様の魔羅でつ、ああ、なにもかも忘れさせてくださいっ」

菜穂のよがり顔が目の前にある。そんな中、佐奈に魔羅をしごかれている。

「ああ、魔羅、私に頂戴」

と弥吉の魔羅を目にした志摩が、女陰に指を入れたまま、にじり寄ってくる。

「ああつ、もう、もう、気を……ああ、また、気をやりますっ」

菜穂が弥吉をじっと見つめつつ、そう言う。菜穂の目を見て、弥吉は我慢汁を大量に出す。

「あ、ああ、い、いくっ」

菜穂が四つん這いの裸体を痙攣させた。

「ううっ、魔羅が、喰いちぎられるっ」

伊左衛門がうめき、腰の動きを止める。そんな中、志摩が正座して魔羅だけ出している弥吉にしがみついてきた。佐奈の手から魔羅を奪い抱きついたまま、繋がろうとする。

するとと、だめっ、と佐奈が甲高い声をあげ、志摩を押し倒した。

「私が……」

と言うなり、佐奈が立ち上がり、両手を小袖の中に入れる。そして腰巻きを取り出すなり、小袖の裾を大胆にたくしあげ、弥吉に跨がってきた。

あっ、と思った時には、弥吉の魔羅は燃えるような粘膜に包まれていた。

「あうっ、うんっ」

目の前に佐奈の美貌があり、火の息を吹きかけられる。

「さ、佐奈さん……ああ、あっし、今、佐奈さんと……」

「はあっ、彩芽よ……彩芽と繋がっているの」

と言うなり、唇を重ねてきた。ぬらりと舌が入ると共に、魔羅全体が熱い粘膜に締め上げられていく。

「う、ううっ」

弥吉はうめく。

伊左衛門が菜穂の女陰から魔羅を抜いた。見事な反り返りを見せる魔羅は先端から付け根まで菜穂の蜜でねとねとだった。

支えを失った菜穂は、あんっ、と畳にうつ伏せになる。汗まみれの乳房が畳に押し潰される。

「本手《ほんて》だっ、菜穂っ」

と伊左衛門がぱんっと菜穂の尻たぼを張る。あんっ、と甘い声をあげて、菜穂が仰向けになっていく。

その間、佐奈は座位で繋がったまま、腰を〝の〟の字に動かしていた。ずっと舌をからませあっている。

「う、うう……うう……」

弥吉はうめきつつ、佐奈の、いや、彩芽の甘い唾を堪能する。

「ああっ、元締め様っ」

本手で挿入され、菜穂が歓喜の声をあげる。伊左衛門は菜穂の両足を折り畳むようにして、上体を倒していく。繋がりがより深くなり、子宮を鎌首でごりごりとこすっていく。

「あうっ、ううっ」

菜穂が白目を剝いた。がすぐに目を開き、いいっ、と叫ぶ。

佐奈が唇を引いた。ねっとりと唾が糸を引く。それを、佐奈は腰をうねらせつつ、じゅるっと吸う。

「ああ、佐奈さんっ」

「彩芽よ、弥吉さん」

佐奈が腰を上下させはじめる。弥吉の魔羅が肉襞に上下に激しくこすられる。

「ああっ、たまらないよっ」

「ああ、ああっ、また、また気を、やりそうですっ、元締め様っ」

「次は勝手にいくなよ、菜穂。勝手に気をやったら、始末の話はなしだ」

菜穂の裸体を折り畳んだまま、斜め上から楔《くさび》を打ち込むように突き下ろしながら、伊左衛門がそう言う。

「ああ、始末してくださいっ、伊助も近江屋もっ、あの世にやってくださいっ」

「ああ、魔羅が、ああ、魔羅がっ」

と伊左衛門が唸る。と同時に、弥吉も、

「ああっ、魔羅が、魔羅がっ、佐奈さんっ」

と同じように唸りはじめる。志摩だけが、自分の指で女陰を搔き回している。

「ああ、菜穂といっしょにっ、ああ元締め様っ、いっしょにっ、いってくださいっ」

「ああ、ああっ、魔羅が喰いちぎられるっ」

おうっ、と吠えて、伊左衛門が放った。いく、と菜穂が叫び、がくがくと繋がった裸体を痙攣させる。

弥吉もはやくも出しそうになっていた。

「ああ、佐奈さん、ああ、出そうです」

「まだ、だめ。まだ、だめよ、弥吉さん」

佐奈が繋がったまま、弥吉を押し倒す。正座の形を解きつつ、弥吉は仰向けになる。

茶臼の形となった佐奈が、さらに激しく腰を上下させる。蜜まみれの弥吉の魔羅が、
佐奈の割れ目から激しく出入りする淫ら絵がはっきりとわかる。

「ああっ、佐奈さんっ、そんなにされたら、出そうですっ」

「勝手にいったら、仕掛けから外します」

「えっ、そんなっ」

弥吉は泣きそうな顔で、歯を食いしばる。弥吉は仕掛けの仕事が気に入っていた。

大金が入ることよりも、佐奈と共に始末をするのがたまらなかった。

伊左衛門が菜穂の女陰から魔羅を抜いた。

すると、はあはあと余韻に浸っていた菜穂がすぐに、起き上がり、伊左衛門の股間
に美貌を埋めていく。

「あう、うう……」

伊左衛門は唸りつつ、火鉢へと向かう。菜穂も咥えたまま、ついていく。

「ああっ、出そうですっ」

「まだ、だめっ」

佐奈の腰のうねりが激しくなっている。

伊左衛門が火鉢の脇にあるつまみを引いた。そこは引き出しになっていて、切り餅が並んでいる。その一つを取り、

「彩芽さん、これで頼む」

と言って、弥吉と茶臼で繋がったままの佐奈に向かって、二十五両を投げた。

佐奈はそれを受け取ると、

「必ず、始末します」

と言うなり、

「ああ、いきそうっ、いきそうだわっ」

と叫び、腰を激しく上下させた。

「あっ、出るっ」

と弥吉が先に暴発させた。凄まじい勢いで、精汁が噴き上がり、佐奈の子宮を叩く。

「あっ、いく、いくいくっ」

佐奈は切り餅を握りしめ、弥吉の腰の上で小袖姿の躰を痙攣させた。

ううっ、とうめいて精汁を絞り取ると、佐奈ががくっと倒れていった。女陰の中か

ら魔羅が抜ける。おのが精汁でどろどろだった。

するとそこに、一人だけ置いてきぼりを食っていた志摩がしゃぶりついてきた。

「あっ、志摩さんっ……ああ、だめですっ」

志摩は元締めの女ではないのか。まずい、と伊左衛門を見ると、元締めは菜穂を抱き寄せ、口を吸っていた。

第六章　凌辱

一

「くずーいっ、屑屋でござーいっ」

翌日。弥吉は神田にある油問屋の近江屋のまわりをまわっていた。とりあえず、弥吉が近江屋の主人の松三を探ることになった。

背中を斬られた忠兵衛の傷はかなり癒えていたが、佐奈が弥吉を指名していた。

油問屋は活気がなかった。まわりの店で噂を聞くと、ここずっと商売は危なかったが、つぶれそうでつぶれず、それどころか、主人の松三は遊び呆けているらしい。

『始末は、伊助と松三、同じ時がいいね。ふたりいっしょになる時を探っておくれ』

と彩芽には言われていた。

「近江屋の主人は見掛けないねえ」

近くの小間物屋で屑を買い取りながら、弥吉は噂好きのおかみさんに聞いていた。

「いやあ、それがねえ。ここだけの話だけど、外に女を作っていて、そこに入り浸りらしいよ」

「ほう、羽振りがいいんだね」

「不思議なのよ。なにか悪いことでもしているんじゃないの」

「悪いこと？」

「だって、二年前から急に遊びだしたんだよ。変だろう」

二年前といえば、丸昌屋に押し入った年だ。千両箱の金を使っているのだろう。

それから、弥吉は近江屋のそばで張り込んだ。小間物屋は繁盛していたが、油問屋はまったく人の出入りがない。日暮れ時になって、やっと主人らしい男が姿を見せた。

「あら、松三さん」

ちょうど、店の外を箒《ほうき》で掃いていた小間物屋のおかみが、声を掛けた。

「店開けたまま、どこに行っていたんだい」

「ちょっとな」

松三は目つきの鋭い男であった。商売人というより、渡世人といった崩れた雰囲気がある。

「商売に力を入れないと、だめなんじゃないのかい」

「大丈夫さ。小判が出る打ち出の小槌を手に入れたからな」

そう言うと松三は、暖簾《のれん》をくぐって店に入っていったが、ほどなくしてまた出てきた。

「あら、また出かけるのかい」

箒を持った小間物屋のおかみが声を掛ける。

「こっちで忙しいのさ」

と言って、小指を立ててみせた。

「そんなに遊んで、おなみさんが怒っているんじゃないのかい」

「おなみにも贅沢させているから、文句はないいさ」

せいぜい気張りな、と言うと、松三はふらふらと歩きだす。

弥吉は歯ぎしりをしつつ、松の木の陰からにらんでいた。丸昌屋から奪い取った金で、贅沢三昧《ざんまい》をしているのだ。金を奪い取られ、母と娘の貞操も汚され、丸昌屋はぼろぼろになったのだ。

すぐにでも、彩芽に始末してもらいたかった。菜穂はすぐに殺って欲しいと言っているのだ。今宵にでも実行したい。が、やはり、伊助と松三は同時にやらなければ、残った方が警戒して、仕留めにくくなってしまうだろう。

松三はふらふらと和泉橋を渡り浅草の方に向かっていく。じきに浅草というところで、ふいに狭い通りに入り、とある一軒屋へと入っていった。いかにも、妾を囲っていますというような家だ。

「あら、お待ちしていました」

と中から若いおなごの声がする。松三は忙しいと言っていたから、他にもおなごを囲っているのかもしれない。

弥吉が裏に回ってみると、裏口の戸が開いていて、中に入れた。家の側壁をたどってゆくと、小さな庭がある。母屋の中からは、おなごの嬌声が聞こえてきた。

それから三日、弥吉は松三の動きを探り続けた。


「松三は浅草に一人、本郷に一人、女を囲っていて、一日おきに通っているんだ」

「そう」

「うまい具合に、伊助も混ぜて、二人で一人のおなごと過ごすこともあるようでね。昨日の夜、伊助が浅草の家にあらわれて、二刻ばかり、松三と囲っているおなごと三人でいたんだ」

「そこが、ふたりいっしょの機会なのね」

と彩芽の目が光る。

弥吉と彩芽は例の大川沿いの小屋にいた。仕掛けについての報告は、ここを使うことにしている。

昼過ぎだ。彩芽は寺子屋で子供たちに手習いを教えてから、ここに来ている。弥吉は今日も松三を見張っていた。

「昨日はたまたまなのか、それともよく松三の妾の家に行くのか、もう少し様子を見ないとわからないな」

「そうね」

「菜穂さんは、元締めのところにいるのかい」

「ええ。三十両、元締めが出したわけだから、その元を取るために、一日中、まぐわっているそうよ」

「一日中……」

「お志摩さんも加わっているそうよ。でも、魔羅《まら》を入れてくれることはないらしくて、菜穂さんに出して萎えた魔羅を大きくさせるために、ひたすら尺八を吹かされているんだって」

「そうなのかい」

小屋の中で、彩芽とふたりきり。そこでそんな艶っぽい話をされると、弥吉はたまらなくなる。むさ苦しいだけの小屋だったが、彩芽が座ると、妖しげな雰囲気になるから不思議だ。

なにせ、小袖姿の彩芽からは、甘い薫りがずっと漂っている。

「しかし、松三って野郎も、いけ好かない野郎だぜ。すぐにでも始末したいもんだ」

「そうね。はやく、菜穂さんを丸昌屋に帰してあげたいわ。菜穂さんにはまた、幸せになって欲しい」

と言って、彩芽が遠くを見るような目つきをする。

「あ、あの……」

「なに」

「彩芽さんって……どうして始末人をやっているんだい」

「さあ、どうしてかしらね」

「忠兵衛さんとは、どんな知り合いなんだい」

「さあねえ」

彩芽がすうっと美貌を寄せてきた。あっと思った時には、唇が重なっていた。ちゅっとくちづけると、美貌を引き、

「もうしばらく、松三の様子をおねがい」

と言って、彩芽は小屋から出て行った。

弥吉は当然、勃起させていた。残り香をくんくん嗅ぎつつ、着物越しに股間をさすった。


同じ頃、菜穂は富岡八幡宮の参道を歩いていた。

元締めの家では、ひたすらまぐわい続けていたが、今日は所用で元締めが留守なので、志摩に断って外の空気を吸いに出たのだ。

元締めに抱かれるのは辛いわけではないが、ただ籠もって始末が終わるのを待つだけの暮らしは、どうしても気が滅入ってしまう。

昼間から、参道には人が出ていた。

出店の呼び込み、子供の声、行き交う人の様々な顔。しばらくぶりに外の心地よい空気を吸い、菜穂は鬱しかけていた気を散じた。

八幡様でお参りをし、帰りににぎやかな参道を逸れて脇道へと入った。すると途端

にひと気がなくなる。

少し心細く思っていると、向こうから男がこちらに向かって歩いてきた。ちらりちらりと菜穂を見てくる。たいていの男は菜穂を通りすがりにそんな目で見てくるので、この男も同じだろうと思いつつ、少し道を譲《ゆず》ってすれ違うが、いきなり鳩尾《みぞおち》に握りこぶしをぶつけられた。

「ううっ……」

息が止まるような激痛に、菜穂は思わず、その場にしゃがむ。すると、うなじを硬いもので殴られた。

すうっと意識がなくなっていった。

二

日暮れ前——弥吉は松三の浅草の妾の家を張っていた。そこに一刻前に、松三が入り、そしてさっき、伊助も姿を見せていた。
またも、松三と伊助が同じ場所にいる、と弥吉の胸は騒いだ。が、ここしばらくの調べで、二人は決まった日や時間に会うわけではなく、いつも突然だとわかった。となると、始末の段取りを立てづらい。

そこへ一人の男が、一丁の駕籠を従えてあらわれた。

「あれは確か、間垣《まがき》様のところの、為次郎《ためじろう》親分じゃないかい。どうして、ここに」

松の木の陰から様子を窺っていた弥吉は怪訝《けげん》な表情を浮かべた。

為次郎は万次親分と同じ岡っ引きだが、もっと西の方が縄張りのはずだ。なぜ浅草くんだりまで、しかも駕籠を率いてやってくるのだろう。

為次郎が格子戸を開けて、中に声を掛けた。するとすぐに松三と伊助が出てきた。

「為次郎親分、なにか進展がありましたか」

と松三が聞いている。

「連れてきたぜ」

と為次郎が言い、籠をあごでしゃくる。

「もう、見つけたんですかいっ。さすが、親分だっ」

松三が声を弾ませている。

なんの話だ、と弥吉は松の木の陰から身を乗りだす。

松三と伊助が籠に近寄り、垂れを上げた。中をのぞきこんだ二人が、歓声をあげる。

「菜穂っ」

なにっ、今、菜穂って言ったよな。

弥吉が食い入るように見ると、二人が駕籠から抱き上げたのは、まさに、菜穂その人であった。菜穂は猿轡《さるぐつわ》を嚙まされ、両腕を後ろ手に両足首も揃えて縛られている。

菜穂が目を見開いた。ううっ、と唸りつつ、激しくかぶりを振っている。

「逃げ出すとは、なんてことをしてくれたんだい、菜穂。ちょっと仕置きが必要かな」

にやにや笑いつつ伊助が、そう言う。

「う、ううっ、ううっ」

菜穂がなにか叫んでいる。助けに行かなければ、と思うが、今、弥吉が暴れこんでも、助けられるかどうか危うい。

菜穂は、あっというまに家の中に連れ込まれた。

彩芽さんに知らせないとっ。

弥吉は本所の裏長屋目指して、駆けだした。

息を荒げながら裏長屋につき、彩芽の部屋の戸を叩いていると、隣のおかみさんが顔を出した。

「佐奈さんなら、さっき急ぎの文が来て、それを読んだら青い顔して出て行ったよ。あんたが来たら、深川に行ったたって伝えてって」

「ありがとうっ」

恐らく、菜穂が消えたという知らせを元締めから受けて、深川に向かったのだろう。はやく知らせないと。

弥吉は大川に出ると、船着き場で猪牙船に乗り、永代橋《えいたいばし》までやってくれ、と船頭に言った。


そして二刻ほど過ぎたころ、弥吉は彩芽とともに浅草の妾の家に来ていた。

すでに辺りは真っ暗で、月明かりだけが頼りだ。

「あの家だ」

「そう。伊助と松三もいるのね」

深川の元締めのところで彩芽と合流した弥吉が、菜穂が浅草にある松三の妾宅に連れ込まれたと伝えると、すぐに案内してっ、と彩芽が飛び出した。

あわてるなよっ、という元締めの声が背後から聞こえていた。

「まだいるはずだけど、やるのかい」

「為次郎親分も一緒なのよね」

「今、いるかどうかはわからねえ」

「まずは様子を探りましょう。松三と伊助だけだったら、仕掛けるわ」

そう言うと、その場で彩芽が小袖を脱いだ。肌襦袢は着ておらず、月明かりの下に、いきなり乳房があらわれる。

腰巻き一枚になると、手にしてきた布袋から、黒装束を取り出した。例の袖無し、裾の短い始末人の装束だ。

「ああ、彩芽さん」

思わず弥吉は見惚れてしまう。剝き出しとなった二の腕と太腿が、眩しくもそそる。

「どうしたの、弥吉さん」

「い、いや……」

「変な弥吉さん」

二人で裏に回ると、待っていて、と言って彩芽は戸を開き、中に入った。弥吉は銑白い太腿を惚けたような顔で見送る。

彩芽は庭のほうへまわっていくようだ。弥吉も我慢出来ずに、敷地に入った。

「いやっ、ああっ、いやいやっ」

家の中から、かすかにおなごの叫び声が洩れている。

なんだっ、と弥吉は庭へとまわる。彩芽の姿はすでにない。弥吉は縁側に近寄り、聞き耳を立てた。

「いやっ、入れないでっ」

「いいじゃないか、菜穂さん。二年前に、一回俺の魔羅を咥え込んでいるだろう。俺があんたの処女花を散らしてやったんだぞ」

松三の声がする。ということは、松三が夫である伊助の前で、菜穂に入れようとしているのかっ。やはり、松三が二年前の賊。菜穂を辱めた悪党っ。

なんてことだいっ。為次郎親分も最初からぐるなのか。もしそうなら仕掛けは無理か。襖越しゆえ、わからない。

「あうっ、いやっ」

「おうっ、締めてくるぜ、菜穂さん」

「ううっ」

「このおなごは、魔羅なら誰の魔羅でも締めるんだ」

と伊助の声がする。なんてことだ。自分の妻を、松三にやらせて喜んでいる。

「やめてっ、い、いやっ、抜いてくださいっ」

「ああ、たまらねえな。伊助に毎晩突っ込まれているんだろう。ああ、魔羅に吸い付いてくるぜ」

「いやいやっ、伊助さんっ、助けてっ」

菜穂が夫に救いを求めている。菜穂を嵌めて、番頭から夫になった伊助に。ちきしょうっ。出来るなら、すぐに彩芽に始末してもらいたい。ぶすりと鍼を伊助と松三の急所に突き刺してもらいたい。

「俺も入れたくなったぜ」

「菊乃《きくの》の穴に入れていいぞ、伊助」

と言う松三の声が聞こえる。菊乃というのは、妾だろう。その場にいるのか。

「ああっ」

といきなりおなごの甲高い声が聞こえてきた。

なんてことだいっ。お互い、自分のおんなを相手に渡して、それぞれ目の前でやっているのかっ。

弥吉は中を見たくなり、縁側にあがろうとする。その時、背後に人の気配を覚えた。

振り向こうとした瞬間、うなじに冷たいものが当てられ、弥吉は動けなくなった。

三

「おまえ、見た顔じゃねえか」

為次郎の声だった。

「な、なにをしているっ」

「それはこっちが聞くことだぜ」

うなじには刃物が当てられている。匕首《あいくち》だろう。

「弥吉さん、裏の戸板を外して入れそうよ……あっ……」

裏手からまわってきた彩芽が、為次郎に刃を突きつけられている弥吉を見て、目を丸くさせた。

「ほう、これはまた、そそるおなごの登場かい」

為次郎が腕をまわして、弥吉の喉元に刃を当ててくる。

「ああっ、ああっ」

「いや、いやっ」

中から、菊乃と菜穂の声がする。

「あんた、いったい何者だい」

為次郎は舐めるように、袖無し裾短めの彩芽の黒装束姿を見ている。

「弥吉さんを、離しなさい」

「もしや、始末人て奴かい」

と為次郎が問う。

「そうだな。菜穂から始末を頼まれたのかい」

「はやく、弥吉さんから匕首を引くのよ」

「おいっ、伊助っ、松三っ」

と為次郎が叫ぶ。すると、おなごたちの声が止んだ。襖が開けられ、縁側に伊助と松三が顔を出す。ふたりとも裸だ。反り返った魔羅が、りゅうりりゅうと紙っている。

二人は弥吉を見て驚き、さらに彩芽を見て、目を丸くさせた。

「このおなごはもしや……始末人……」

と松三が言い、なんだってっ、と伊助が大声をあげる。松三はすぐさま、裸のまま畳に横たわっている菜穂の腕を掴み、縁側へと引きずり出した。

「菜穂、おまえが頼んだのか」

と松三が菜穂に聞く。菜穂は彩芽と弥吉の顔を見つめる。

「し、知りません……」

「うそをつけっ」

　と伊助がぱんっと菜穂の頬を張った。あうっ、と菜穂がよろめく。たわわな乳房が大きく弾んだ。

「菊乃っ、包丁を持ってこいっ」

　と松三が叫ぶ。はいっ、と裸の菊乃が双臀をうねらせて奥へと消え、すぐに包丁を手に戻ってくる。それを受け取った松三が、菜穂の乳首に向ける。

　ひいっ、と菜穂が息を呑む。

「おまえが、始末人を頼んだんだな。俺と伊助を始末しろと」

　と松三がもう一度、菜穂に聞く。

「し、知りません……」

　菜穂がかぶりを振り、松三が乳房に包丁を当てようとした時、

「そうよっ。始末しに来たのよっ」

　と彩芽が叫んだ。

「彩芽さんっ」

　菜穂と弥吉が同時に声を出す。

「そうかい。あんた、やっぱり始末人かい。しかし、おなごの始末人だとはな」

弥吉のうなじに匕首を当てたまま、為次郎がそう言う。

「為次郎っ、あなたは十手持ちでしょうっ。十手持ちが悪党の手先になってどうするのっ」

彩芽が凛《りん》とした眼差しを為次郎に向ける。弥吉も菜穂も危険だったが、彩芽は落ち着いていた。

「誰が悪党だい。悪党はあんたの方じゃないのかい。金で、人殺しをやっているんだろう。菜穂からいくらもらった」

と為次郎が聞く。こちらも落ち着いている。

「三十両よっ」

「なんだってっ」

伊助が素っ頓狂な声をあげる。

彩芽は今宵中に、この場にいる皆を始末する気だと、弥吉は思った。

「そんな金、どうやって都合したんだっ」

伊助が菜穂に詰め寄る。菜穂も覚悟を決めたのか、

「丸昌屋のために、丸昌屋の金を使ったのよっ」

と伊助に向かって、そう言い放った。

「なんだとっ。丸昌屋のためだとっ」

「伊助。おまえの悪事はすべて、ばれているの。あの世に往って、父と母に詫びなさいっ」

「なんだとっ」

伊助がぱんっと菜穂の頬を張る。

「やめなさいっ」

と彩芽が動こうとする。

「待ちなっ。勝手に動いたら、この下っ引きの命はないぜ」

喉を絞め、うなじに匕首を当てつつ、為次郎がそう言う。すると、彩芽が動きを止める。為次郎なら、下っ引きの命のひとつやふたつ、なんでもなく奪うと思ったのだろう。

「始末人、そこで脱いでもらおうか」

「えっ……」

「鎖を仕込んでいるんだろう。素っ裸になりな」

彩芽がすぐに従わないと、為次郎がすうっと匕首の刃を動かした。うなじを切られた、と弥吉はひいっと息を呑む。あの世に往ったかと思い、小便を洩らしそうになる。

実際は傷ひとつ付いていない。加減がわかっているのだ。それゆえ、恐ろしい。

「わかったわ……」

彩芽が帯に手を掛け、解いた。黒装束の前がはだけ、いきなり豊満な乳房があらわれる。

それを見て、男たちが皆、ほう、と目を光らせる。菜穂も菊乃も乳を晒していたが、彩芽の乳房に男たちの目が引き寄せられる。

彩芽は黒装束を脱ぎ捨てると、腰巻きにも手を掛けた。さっと脱ぎ捨てると、下腹の陰りがあらわれる。

「伊助、装束を探ってくれ。殺しの武器が仕込んであるはずだ」

と為次郎が言い、わかった、と伊助が縁側を降りて、素っ裸になった彩芽に近寄る。

「わかっているだろうが、変な真似をしたら、下っ引きは即あの世だぜ」

為次郎がそう言い、伊助が彩芽の足元に落ちている腰巻きを拾う。そして、探りはじめる。

「ああ、たまらねえな。いい匂いがするぜ」

と言って、伊助が皆の前で、彩芽が脱いだばかりの腰巻きに鼻を押しつけ、くんくんと匂いを嗅ぐ。

為次郎も松三も、馬鹿な、とは言わない。ふたりとも、うらやましそうに見ている。

匂いを嗅ぐと、あらためて探る。

「あ、あったぜっ。こいつは鍼だ、鍼っ」

と腰巻きの内側から一本、鍼を取り出した。

「まだ、あるはずだ」

為次郎がそう言い、伊助は腰巻きを探り続ける。するとまた、あった、と二本目の鍼を取り出した。

「よし、鍼がなけりゃ、ただのおなごだ」

「菊乃、縄を持ってこいっ」

と松三が言う。菊乃が、はい、と返事をして部屋の隅にある箪笥《たんす》の引き出しを開けると、そこから縄を取り出した。

「よく縄なんか持っていたもんだ」

と為次郎が松三に言う。

「菊乃を縛るのに使っていたに決まっているだろう、親分」

「そうかい。役に立つじゃないか。伊助に渡してやれ」

と為次郎が菊乃に言う。菊乃はたわわな乳房を揺らしつつ、庭に降りると、好奇の目で彩芽を見ながら、縄を伊助に渡す。

「始末人、両手を後ろにまわしな」

と為次郎が言う。

彩芽は弥吉を見て、菜穂を見やる。弥吉のうなじに匕首の刃が、菜穂の乳房には包丁の刃が突きつけられている。

「どうした、始末人」

彩芽は為次郎をにらみつけ、しなやかな両腕を背中にまわす。すると、伊助が背後にまわり、交叉させた両手首に縄を掛けていく。そして、余った縄を二の腕から乳房へとまわし、たわわなふくらみに食い込ませていく。

「う、うう……」

彩芽がうめく。

「いい具合に、縄が食い込むぜ、始末人」

にやにやしつつ、伊助が後ろ手に縛っていった。

「よし。始末人の女陰《ほと》を楽しもうじゃないか」

菊乃にもっと縄を持ってこい、と為次郎が言い、菊乃が箪笥と庭を往復する。菊乃に弥吉の足を縛らせる。そして、両腕を背中にまわさせ、後ろ手に縛っていった。

「始末人の足も縛っておいた方がいいな」

と為次郎が言い、菊乃が縄を持って、彩芽に近寄る。

「すごく綺麗なおなごね」

と言って、彩芽の裸体を見上げつつ、揃えさせた足首に縄を掛けていく。

彩芽はまったく反撃の機会を失っていた。

「さあ、家に上がるんだ」

と言って、伊助がぱしっと彩芽の尻たぼを張る。

「なんてことをっ」

と弥吉が声をあげる。

「ほらっ、ほらっ、行くんだよっ、始末人っ」

伊助はなにも出来ない彩芽に対して調子に乗り、ぱんぱんっと尻たぼを張り続ける。

彩芽は歩こうとするが、両足首を縛られているため、思うように進めない。その上、尻たぼを張られ、ふらっとよろめく。

するとと伊助が背後から彩芽を抱き止める。当然のこと、縄で絞りあげられている乳房を鷲摑みすることになる。

「ああ、たまらねえ、乳だ」

「離せっ、おまえのような悪党に揉まれると、私の乳が腐っていく」

「そうかい」

伊助はへらへら笑いながら、彩芽の乳房を揉みしだき続ける。

「おまえの旦那も最低だな」

乳房に包丁を突きつけている松三が、あきれたように菜穂に言う。

「ほらっ、おまえも行くんだ」

と為次郎が弥吉の背中を押す。弥吉も彩芽同様、両腕両足を縛られているため、あまり進めない。すぐによろめくが、こちらは誰も手を差し伸べてはくれない。

四

「やめろっ、触るなっ」

座敷に上げられた彩芽の緊縛裸体に、男たちが群がっている。

仰向けに寝かされた彩芽の乳房を為次郎が揉みしだき、股間に伊助が顔を埋めている。そして、松三は彩芽の美貌をぺろぺろ舐めて、唇を狙っている。

そのそばに、後ろ手、そして両足を縛られた菜穂と弥吉がころがされている。おなごでひとりだけ自由な菊乃は、男たちに群がられている彩芽を見て、はあっと火の息を吐き、太腿と太腿をすり合わせている。

「どうだい、おまえを始末しに来たおなごの女陰の味は」

乳房を揉みくちゃにしつつ、為次郎が伊助に聞く。が、伊助は彩芽の股間に顔を埋めたまま、舐めるのに没頭していて答えない。

「凄まじいな、そんなに美味《うま》いか」

為次郎が、代われ、と伊助に言う。だが聞こえないのか、伊助はうんうん唸りながら、彩芽の女陰を舐め続けている。

「伊助っ、代われっ」

と為次郎が伊助の髷を摑み、ぐっと引き上げる。それで我に返った伊助が、

「親分、どうぞ」

口のまわりを唾と蜜だらけにさせて、そう言う。

「おや、蜜が出ているじゃねえか」

「そうなんですよ。上の口では、やめろやめろと嫌がりながら、下の口は喜んでいるんですよ、このおなごは」

にやにやしつつ、伊助がそう言う。

「彩芽さん……うそよね……」

と菜穂が聞く。

「舐めるなっ、為次郎っ。はやく縄を解けっ、十手持ちの恥めっ」

と彩芽が声を荒げる。その乳房に、松三がしゃぶりついてきた。すると、あっ、と甘い声を洩らす。

「ほら、喜んでいるんですよ、親分」

と言って、伊助が彩芽のおさねを摘《つ》まみ、ころがす。するとまた、

「あっ、あんっ」

と彩芽がなんとも言えない甘い声を洩らす。

「ほう、これは面白い。まぐろかと思っていたんだが、いいじゃないか」

為次郎が伊助に代わって、彩芽の股間に顔を埋めていく。割れ目を開き、舌を入れていく。彩芽の女陰は、ぬかるんでいた。舐めても舐めても、どんどん蜜が湧き上がってきていた。

松三がとがった乳首をちゅうちゅうと吸いつつ、ふくらみを揉みしだく。

伊助が松三に代わって、彩芽の頬を舐めはじめる。

「や、やめろ……あ、あんっ……ああ、やめろ……はあっんっ」

彩芽の緊縛裸体が汗ばんでくる。すると上気した肌から、男の股間を直撃するような甘い匂いが立ちのぼりはじめる。

「ああ、たまらねえぜっ。女陰が、入れて入れてと誘っていやがる」

股間から顔を上げて、為次郎がそう言う。伊助同様、口のまわりを蜜まみれにさせている。

「入れるぞ」

と言うと、為次郎が着物を脱ぎはじめる。伊助と松三はそもそも裸だ。菜穂相手に楽しんでいた魔羅は、ふたりとも天を突いている。

為次郎が褌を取った。ふたりに負けじと、ぐぐっと魔羅を反り返らせる。

「親分、見事なものを持ってますね」

と伊助が言う。為次郎は誇示するようにぐいっとしごくと、どけっ、と乳房を舐めている松三を押しやり、彩芽の胸元を跨いだ。そして、魔羅を唇に突きつけていく。

「親分っ、それは、まずいですよ」

「噛み切られたら、どうするんですか」

と伊助と松三が心配する。

「女陰に入れる前には、まずは尺八だろう。唾だらけにさせて、女陰に突っ込むものだろう」

「しかし……」

彩芽は為次郎をにらみあげている。が、さっきまでほどの迫力には欠けていた。にらみあげる瞳が、潤んでいるからだ。それは涙ではない。発情したおなごだけが見せる潤みだ。

「嚙まれるかもしれないと腰を引いていたら、おなごを牝には出来ないぜ。まずは、口にぶちこんで、この魔羅には勝てないと、屈服させるんだ」

と言いながら、為次郎が彩芽の唇に鎌首を押しつけていく。

「親分……」

と松三、伊助、そして弥吉も息を呑む。弥吉だけが、嚙み切れ彩芽さんっ、と願っている。

彩芽は唇を閉ざしたままでいる。

「ほらっ、しゃぶれっ、女」

と、為次郎がぐりぐりと鎌首を押す。

彩芽は為次郎を鋭い目でにらみあげている。が、その唇を開いていった。

弥吉は、嚙むために咥えようとしているのだ、と思った。松三と伊助も、やばいだろう、という顔をしている。そんな中で為次郎だけが、余裕の顔で鎌首を彩芽の口の中に入れていく。

「そうだ。いい子だ」

と言いながら、ずぶずぶと魔羅を彩芽の口の中に入れて、喉まで突いた。

「う、うう……」

彩芽が眉間に縦皺を刻ませる。

なにをしているんだっ、彩芽さんっ。嚙むんだっ。反撃の狼煙《のろし》をあげるんだっ。

為次郎が奥まで入れてじっとしている。彩芽は為次郎を見上げたままだ。が、頬がぐっと窪むのがわかった。吸いはじめたのだ。

「おう、いい顔して、吸うじゃないか、始末人」

為次郎が唸る。

彩芽が自ら美貌を動かし、うんうん、とうめきつつ、為次郎の魔羅を吸っていく。

「ああ、いいぞ、始末人なんて野暮なことはやめて、俺の牝にならないかい。飼ってやるぜ」

為次郎が調子に乗って、腰を動かす。鎌首で彩芽の喉を突いていく。

「うぐぐ、うう……」

どうしたんだいっ、彩芽さんっ、相手は悪党だぞっ。悪党の魔羅だぞっ、ほら、吸
うんじゃなくて、嚙むんだろうっ。

「どうだい、女陰の具合は」

と魔羅を彩芽の口に突っ込んだまま、上体をひねり、股間に手を伸ばす。そして、
二本の指をずぶりと下の穴に入れる。

「う、ううっ」

彩芽の腰がぐぐっと浮いた。足がぴんと張り、指先が反るのがわかった。

「ぐしょぐしょだな、始末人」

為次郎がいじる股間から、ぴちゃぴちゃと淫らな蜜の音が聞こえてくる。どろどろ
に濡らしているのはあきらかだ。

「ああ、女陰が欲しそうにしているな。欲しいか、彩芽」

といきなり呼び捨てにする。

「どうなんだい」

と問いつつ、鎌首で喉を突き、二本の指で女陰を掻き回す。すると、彩芽の裸体が
くなくなとうねる。感じて、じっとしていられない、というように見える。

なんてことだいっ。裸になって縛られて、口に魔羅を突っ込まれて、感じているというのかいっ、彩芽さんっ。

「女陰にぶちこまれたいだろう」

なおも為次郎が聞くと、彩芽が小さく首を動かしたのだ。それを見て、為次郎が魔羅を引き上げる。大量の唾を吐きつつ、ごほごほと彩芽が咳き込む。

為次郎は立ち上がると、伊助に彩芽の足の縄を解くように言った。

「だ、大丈夫ですか、親分」

「両手を縛っているんだ。それに、裸のおなご一人に大の男三人でびびってどうするんだっ。安心しな、俺の魔羅でよがらせて、屈服させてやる」

為次郎が自信満々にそう言い、伊助が彩芽の足の縄を解いた。

するとすぐに為次郎が彩芽のふくらはぎを掴んだ。足をばたつかせて抵抗するかと思ったが、彩芽はわずかに身をよじったのみだ。

「女陰が疼いてたまらないのさ」

そう言うと、為次郎がぐっと両足を開き、間に腰を入れると、彩芽の唾まみれとなっている鎌首を、彩芽の割れ目に向けていく。

「彩芽さんっ」

と菜穂が声を掛ける。菜穂は信じられないといった表情でいる。弥吉だって信じられない。きっと、彩芽にはなにか考えがあるんだ。反撃の時を窺っているんだ。

「なにか言うことがあるだろう、彩芽」

為次郎は一気に入れない。鎌首で割れ目をなぞりつつ、そう聞いてくる。

「あ、ああ……く、ください……為次郎親分の……魔羅を……彩芽の女陰に、くださいませ」

彩芽が為次郎をじっと見つめつつ、そう言った。

「彩芽さんっ」

菜穂が失望した顔を見せる。弥吉は心の中で、違うんだっ、これは違うんだっ、と叫ぶ。

「欲しいのか」

「欲しいです……ああ、親分の魔羅で……彩芽、泣きたいです」

「そうかい。泣かせてやるぜ。いい声で泣くんだぜ、彩芽」

「はい……親分……」

よし、と為次郎は彩芽の両足を抱えこみ、ぐっと鎌首をめりこませた。

「あうっ……うう……」

為次郎の魔羅が、彩芽の中に入っていく。たくましい魔羅がどんどん彩芽の中に吸い込まれていく。

「ああっ、親分っ」

「おうっ、熱いぞ、彩芽。おうおう、吸い付いてきやがる」

彩芽の緊縛裸体を腰から折り畳むようにして深く繋がっていく。縄で絞り上げられている乳房に、彩芽の膝が押しつけられる。とがりきった乳首を自分の膝で押し潰され、彩芽が、あんっ、と甘い声をあげる。

子宮まで貫いた為次郎が、腰を動かしはじめる。

「ああっ、ああっ、親分っ」

ひと突きごとに、彩芽が火の喘ぎを洩らす。

「ああ、たまらねえぞ。松三、始末人の口をふさぐんだ」

「えっ」

「上の口をふさぐと、下の口がもっと締まるんだよ」

「しかし……噛まれたら……」

と遊び人の松三が腰を引く。すると、伊助が私が、と言って、彩芽の真横に膝をつくと、髷を摑んで横を向かせた。すると、彩芽の方からぱくっと咥えてきた。

噛まれる、と思ったのか、伊助がひいっと息を呑んだ。一瞬、躰が硬直する。

弥吉も噛むと思った。が、違っていた。噛むどころか、うんうん、と悩ましい吐息を洩らしつつ、伊助の魔羅を吸いはじめる。

すると、伊助はもちろん為次郎も、ううっ、と唸る。

「ああ、喰いちぎられるっ」

「うんっ、ううっん、うんっ」

彩芽は自分から美貌を動かし、伊助の魔羅を吸いつつ、為次郎を妖しく潤んだ瞳で見つめている。

彩芽と為次郎は好き合っているように見える。

「彩芽さん……」

菜穂にもそう見えたのか、信じられない、信じたくない、といった表情を浮かべている。菊乃は、妬けるねえ、と言って、自分の乳房を摑む。

「ああ、口吸いだっ、口を開けろっ」

口をふさげと言ったばかりの為次郎が、伊助にどけっと命じる。伊助は一瞬、嫌な顔を浮かべた。

「ああ、はやくどけっ。ああ、出そうだっ」

為次郎は口吸いをしつつ、彩芽の中に出したいようだ。

すると、彩芽が折られていた膝を伸ばした。あっ、と為次郎の魔羅が女陰から抜け出る。今にも暴発しそうな魔羅がひくひく動いている。

「なにしやがるっ、彩芽っ。俺の精汁を欲しくないのかっ」

「伊助さんの魔羅が欲しいの」

と彩芽が伊助を濡れた瞳で見上げつつ、そう言った。

「なんだとっ」

と為次郎が大声をあげる。

「今、尺八を吹いていたら、たまらなく欲しくなったの」

これは演技だ。野郎どもを仲違いさせるために演じているんだ、と弥吉は思った。

が、芝居にしては、伊助を、いや伊助の魔羅を見つめる彩芽の眼差しは、真に迫っている。本当に欲しそうな顔をしている。

「わかったよ、入れてやるぞ、始末人っ」

伊助が息を荒げ、邪魔だ親分っ、と為次郎を押しやる。なにしやがるっ、と為次郎がどなったが、彩芽に入れることで頭がいっぱいの伊助は、親分のどなり声にも狼狽《うろた》えることなく、彩芽の両足を摑み、ぐっと開いた。

彩芽の割れ目は閉じることなく、為次郎の鎌首の形に開いていた。真っ赤に燃えた粘膜が誘っている。

伊助がずぶりと本手で彩芽を突き刺していった。

「ああっ、いいっ、伊助さんっ、いいのっ」

殺すはずの男の魔羅に貫かれ、始末人が喜悦の声をあげる。

「ああっ、なんて女陰だいっ」

伊助は惚けたような顔で、後ろ手縛りの彩芽を突きまくる。

「ああ、もういいだろう。俺が中に出すんだ」

と為次郎が伊助の肩を掴み、引き剝がそうとする。

「やめろっ、まだ、俺が入れているんだっ」

「なんだとっ」

と為次郎が伊助に殴り掛かる。握り拳があごに当たり、ぐえっ、と伊助がひっくり返った。白目を剝くと、彩芽の女陰から魔羅が抜ける。すると、すぐさま為次郎が入れていく。

「ああっ、魔羅、親分の魔羅いいっ」

と彩芽が叫ぶ。

「そうだろうっ、俺の魔羅がいいだろうっ」

と息を荒げつつ、為次郎がずどんずどんと突いていく。

「ああ、ちきしょうっ」

と叫び、松三が彩芽の美貌を跨いできた。我慢汁で白く汚れた鎌首を、彩芽の唇に押しつける。すると彩芽がぱくっと咥えた。

「ああっ、たまらねえっ」

と松三が嬉々とした表情を浮かべる。

が、その顔が次の瞬間、歪《ゆが》んだ。

五

「ぎゃあっ」

と叫び、松三が、がくがくと腰を震わせる。

「おう、おうっ、いくっ、女始末人の中に出るっ」

と為次郎も叫ぶ。松三は激痛の叫び、為次郎は歓喜の叫びだ。

ふたりとも、腰を痙攣させている。

「す、すげえ……」

弥吉が唸る。菜穂も、菊乃も目を丸くさせている。

「魔羅が、魔羅が……う、うう……ぐえっ」

と、うめきながら松三が白目を剥き、倒れていく。彩芽の唇から抜けた魔羅は、力なく萎びていた。

一方で為次郎も、腰を震わせたままでいる。たっぷりと彩芽の中に白濁を吐き出し、こちらは恍惚の表情だ。

彩芽が繋がったまま、素早く上体を起こした。胸元から縄が落ちていく。女陰を犯されてよがりながら、結び目を解いていたのだ。

自由になった両手を、為次郎の太い首に掛けるや、ぐっと締め上げた。

「おおう、うう、や、やめろ……うう、うう……」

男は射精した直後が一番無防備だ。その瞬間を、彩芽は狙っていたのだ。

「やめろ……う、うう……」

顔面を真っ青にさせつつ、為次郎も彩芽の首に手を掛けた。こちらの首はほっそりとしている。

「う、うう……」

彩芽の美貌も見る見ると真っ青になっていく。

「彩芽さんっ」

と菜穂と弥吉が叫ぶ。

彩芽の手が為次郎の首から離れた。がくっと首を折り、背後に倒れていく。

と同時に、彩芽の女陰から、為次郎の魔羅が抜けた。どろりと大量の精汁が出てくる。為次郎の魔羅はすでに大きさを蘇《よみがえ》らせつつあった。首を絞められ、絞めかえしている内に、はやくも勃起を取りもどしたのだ。

彩芽は気を失っている。為次郎はぐったりした彩芽の裸体をひっくり返すと、尻を持ち上げ、容赦なく後ろから入れていった。

「おう、締まるぞ」

為次郎は狂気に取り憑《つ》かれたような顔をしていた。ひたすら、気絶した彩芽を後ろ取りで突きまくる。

「菊乃っ、包丁を持ってこいっ」

「えっ」

「出しながら、あの世に送ってやるっ」

「そ、そんなこと……」

と菊乃が裸体を震わせ、かぶりを振る。

「おまえ、この牝は始末人なんだぞっ。俺たちを始末しに来たんだ。この牝に頼まれてなっ」

と彩芽を突きつつ、為次郎が菜穂を指差す。

「ほらっ、菊乃っ、はやく包丁、持ってこいっ」

「殺すのは……」

「なにを言っていやがる。ここで殺らないと、俺たちはいつか皆殺しだぞ。菊乃、おまえもだっ」

「わ、私は、なにもしてないわっ……私は関係ないわっ」

菊乃がぶるぶる震えはじめ、立ち上がると、逃げようとした。が、恐怖で足がもつれ、すぐに倒れる。

「ほらっ、逃げても追ってくるぞ。それより、今、ここで殺るほうがはやいだろう」

ああ、出そうだ、と為次郎が唸る。包丁っ、と手を伸ばし、菊乃がよろめくようにして、為次郎に包丁を渡した。

彩芽はまだ気を失ったままだ。

「彩芽さんっ。起きてっ」

と菜穂が叫ぶ。

為次郎が左手で彩芽の髷を掴み、ぐっと美貌を引き上げながら、ぐいぐい突いていく。

「ああっ、たまらねえっ。ああ、出るぞっ」

と叫びつつ、右手で持った包丁を彩芽の喉に突きつける。

「彩芽さんっ、起きるんだっ」

と弥吉も叫ぶ。

「あ、ああっ、おう、おう、おう、出る、出るっ」

雄叫びを上げて、為次郎がはやくも二発目を彩芽の女陰にぶちまけた。あまりに気持ちいいのか、おうおうと叫びつつ、彩芽の喉に包丁を突き刺すのも忘れて、唸り続けている。腰の動きが止まらない。脈動が止まらないのだ。

やっと脈動が止まった刹那、彩芽が包丁を持つ為次郎の右手首を掴んだ。ぎゅっとひねると、痛てえっ、と為次郎が包丁を離してしまう。宙で柄を掴んだ彩芽が、四つん這いの裸体をひねり、仰向けになると、起き上がった。

魔羅は女陰に入ったままで、ひねりあげられて、動くに動けずにいた。

「二発もありがとう」

と言うなり、彩芽はためらうことなく、包丁を為次郎の心の臓に突き刺していった。

「ぐえっ」

とうめき、為次郎が口から血を吐く。

「ひいっ」

と叫び、菊乃が逃げようとするが、腰が抜けてしまっている。それどころか、小便を洩らしはじめている。

彩芽はもう一本、畳に落ちている匕首を手にすると、魔羅を折られ泡を吹いている松三の心の臓にも突き刺していった。

こちらはすぐに抜いた。すると、鮮血がぴゅうっと噴き出す。

彩芽の美貌から上半身に鮮血が掛かる。真っ赤に染まった美貌を見て、菊乃が白目を剝いた。

菜穂と弥吉は息もするのも忘れたような顔で、彩芽を見ている。

彩芽は血まみれの匕首を手に、気を失ったままの伊助に迫ると、ぱんっと平手を張った。伊助が目を覚ます。

鮮血まみれの彩芽を目にして、ひいっと悲鳴のような声をあげる。

彩芽は伊助の髷を摑むと、菜穂に向かせた。

「謝りなさい、伊助」

「あ、ああ、あや……謝ったら……命だけは……ああ、助けてくれるのですかっ」

「謝るのよ、伊助」

「わ、悪かったっ。ああ、松三にそそのかされて……ああ、菜穂も、丸昌屋も全部、もらえるって……ああ、松三が悪いんだっ」

ぼろぼろと涙を流し、顔をくしゃくしゃにして伊助が叫ぶ。

「そそのかされたから、世話になっている自分の店を襲ったのかい」

彩芽が匕首の刃で、ぴたぴたと伊助の頬を叩きつつ、聞く。

「あ、ああ、松三がっ、ああ、松三が悪いんだっ。俺は、そそのかされただけなんだっ、嫌だって、断ったんだっ。でも、松三がしつこくするから」

「しつこくされたから、恩のある店主一家を殺《や》ったのかい」

「すまないっ、ああ、償わせてくれ、菜穂っ。頼むっ。この通りだっ」

と伊助は泣きじゃくりながら、裸で両腕両足を縛られ、畳にころがされたままの菜穂に向かって、頭を下げる。畳に額をこすりつける。

「私に、匕首を貸してください」

と菜穂が言った。その声はとても冷静で、それゆえ、皆がどきりとした。もちろん、もっとも戦慄したのは伊助であった。

彩芽が手にした匕首で、菜穂を縛っている縄を切った。

「彩芽さん。あっしも頼む」

弥吉がそう言うと、彩芽が血まみれの乳房を揺らしつつ、後ろ手の縄を切っていく。

弥吉の視線は彩芽の裸体に釘付けだった。

鮮血を浴びた彩芽は、震えがくるほど美しかった。こんな時なのに、褌の下はびんびんだった。

はい、と彩芽が菜穂に匕首を渡す。それを見た伊助が起き上がり、逃げようとした。が、足がもつれ、心の臓から血を噴いて死んでいる松三の躰に足を掛けて、倒れていく。

彩芽が背後から髷を摑み、ぐっと引き起こす。

裸で匕首を持つ菜穂と伊助の目が合う。

「ああ、助けてくれっ、命だけは助けてくれっ、頼む、菜穂っ、菜穂お嬢さんっ」

「ゆるさない」

しっかりとした口調でそう言うなり、菜穂は匕首を胸元で握りしめ、伊助にぶつかっていった。

「やめろ……う、ううっ」

ぐえっ、と伊助がうめき、躰をがくがくと痙攣させる。

菜穂は裸体をぶつけたまま、しばらくじっとしていた。そして、胸元に突き刺した匕首は残したまま、裸体を引いていった。

彩芽が髷を離すと、伊助は背後に倒れた。

「あ、ああ……私……私……」

菜穂が裸体を震わせはじめる。

「弥吉さんっ」

と彩芽が目配せする。弥吉はうなずくと、菜穂のそばに寄っていく。すると、

「ああっ、私っ」

と叫びつつ、菜穂がしがみついてきた。弥吉は着物姿だった。豊満な乳房を胸板でじかに感じることが出来ず、あやうく勃起はしないですんだ。

「よくやった、よくやったよ、菜穂さん」

「ああ、弥吉さんっ」

菜穂が青ざめた美貌をあげて、唇をぶつけてきた。彩芽の前で、口吸いをする。

彩芽は為次郎の心の臓に突き刺したままの包丁を引き抜いた。そして、それを気を

失ったままの菊乃の手に握らせる。

弥吉は菜穂の裸体を抱きしめ、舌をからめつつ、彩芽を見ている。

彩芽が、握らせた包丁で菊乃の心の臓を突いていった。菊乃の裸体がぴくぴくと痙攣し、そして止まった。

六

「さっき、為次郎に犯されてよがっていたのは、演技なんだよな、彩芽さん」

松三の妾の家から立ち去りながら、弥吉は聞いた。

「演技……私に、そんな器用な真似は出来ないわ」

「じゃあ、為次郎にやられて……その……」

「待って。あそこが、いいわ」

と廃寺を見つけた彩芽がそう言って、寺の門をくぐる。弥吉と菜穂は、あわてて後を追った。

彩芽は始末人の黒装束姿、菜穂は小袖一枚だった。彩芽は本堂に入らず、脇の庫裏《くり》へと向かった。そばに井戸があり、汲み上げると黒装束を脱ぎ捨てた。

顔から上半身にべったりと血が貼り付いている。彩芽は頭から井戸水を被った。髷が解け、漆黒の長い髪がざっくりと彩芽の美貌に掛かる。もう一度、井戸水を汲み上げ、ざぶりと掛ける。

顔から鎖骨、乳房に付いていた血が洗い流され、白い餅肌に戻る。

「私もかぶりたい」

と言うと、菜穂もその場で小袖を脱いだ。そして、桶を井戸へと落とし、じゃらじゃらと滑車の音を立てて汲み上げていく。

そして菜穂も彩芽を真似て、頭から井戸水をかぶった。

「ひゃあっ」

と声をあげ、笑顔を見せる。

「すっきりするでしょう、菜穂さん」

「はい、すっきりします。これまでのことすべて、洗い流せそうです」

そう言うと、菜穂はまた桶を井戸に落とし、あらたに汲み上げる。そしてまた、頭から被った。髷が解け、これまた漆黒の長い髪がざっくりと顔に掛かる。

彩芽、菜穂のずぶ濡れの裸体を、弥吉は惚けたような顔で見つめている。

「彩芽さん、弥吉さん、ありがとうございました」

菜穂が彩芽と弥吉に向かって、深々と頭を下げる。

するると彩芽が菜穂の手を摑み、引き寄せる。彩芽と菜穂の乳房と乳房が重なりあう。どちらの乳首もとがっていて、それがお互いの乳房でつぶれていく。

「はあっ、ああ」

菜穂は彩芽の背中に両腕をまわし、しっかりと抱きつく。彩芽も菜穂の背中に手をまわしていく。

ふたりの乳房がつぶれている。

「ああ、たまらねえっ」

と弥吉は着物を脱ぎ、褌を脱ぎ捨てた。見事に反り返った魔羅があらわれる。

弥吉は抱き合っている彩芽と菜穂に魔羅を揺らしつつ、近寄る。

すると、彩芽と菜穂が乳房を押しつけ合ったまま手を伸ばしてきた。彩芽が先っぽを、菜穂が胴体を摑む。

「ああ、すごいわね、弥吉さん」

「ああ、乳を、乳をっ」

と言うと、彩芽と菜穂がこちらを向いた。ふたりの乳房が並ぶ。弥吉はおうっと声をあげ、彩芽の乳房から菜穂の乳房へと顔をこすりつけていく。あぶらぎった顔面で、ふたりの乳首をなぎ倒す。

「ああ、このますぐに入れて。女陰が火照って、変になりそうなの」

と彩芽が言い、魔羅を摑み、自分の股間に導く。

あっ、と思った時には、弥吉の魔羅は燃えるような粘膜に包まれていた。

「ああっ、彩芽さんっ」

「突いてっ、彩芽をめちゃくちゃにしてっ、弥吉さん」

「め、めちゃくちゃ、かいっ」

弥吉はかぁっとなり、立ったまま、真正面から勢いに任せて突きまくる。

ずぶずぶと彩芽の女陰をえぐっていく。

「いい、いい、いいっ、もっとっ、もっと、突いてっ」

「こうかいっ、彩芽さんっ」

と弥吉は渾身の力を込めて、どろどろのぬかるみを突きまくる。

「ああそこっ、いいよっ、弥吉さんっ」

「熱い、熱いよ彩芽さん、ど、どうしてこんなに女陰が熱いんだいっ。ああ、悪党にやられて、いつもより火照っているのっ!?」

弥吉が突きまくりながら聞くと、彩芽の中がきゅううっと締まった。

「んああっ、言わないでっ、悪党は始末しなけりゃいけないのっ、火照ってはいけないのっ」

弥吉に淫らな性癖を言い当てられた恥じらいか、単にいきそうなのか、彩芽の女陰はしがみつくようにして、魔羅を貪る。

「おおう、彩芽さんっ」

「あ、ああっ、いきそうっ、もう気をやりそうだよっ、弥吉さんっ」

「気をやりなっ。何度も何度も気をやりなっ」

「あっ、ああっ、弥吉さんっ、ああ、い、い、いく……いくいくっ」

はやくも彩芽がいまわの声をあげて、しがみついてきた。汗ばんだ裸体を震わせ、魔羅を締め上げる。

「おう、おう……」

弥吉はぎりぎり耐えた。彩芽の隣で、菜穂が物欲しそうな目をしていたからだ。

弥吉は彩芽の女陰から魔羅を抜こうとする。すると、

「まだだめっ」

と荒い息を吐きつつ、彩芽がぎゅっと締めてくる。

「あ、ああっ」

弥吉は思わず暴発しそうになる。

「菜穂さんにも入れさせてくれ、彩芽さん」

「ああ、彩芽だけじゃ満足しないのかしら」

「い、いや、そんなことはないぜ。彩芽さんの女陰だけで、満足だ」

「じゃあ、このままずっと突いていて」

そう言うと、彩芽が立ったまま、繋がったまま、腰をうねらせはじめた。

「あ、ああっ、たまらねえよっ」

弥吉の雄叫びがあがる。彩芽の隣で、菜穂が恨めしそうに小指を噛んでいる。

「ああ、菜穂さんっ。待っていてくださいっ。すぐに、入れますからっ」

「だめっ、ずっと、彩芽に入れているのよ」

強烈に締め上げられ、弥吉は、出るっ、と叫んだ。

「あっ、い、いく、いくいくっ」

精汁を子宮で受けた彩芽が、またも、いまわの声をあげた。

「あ、い、う、え、お」

佐奈の透き通った声の後、子供たちの元気な声が続く。

「か、き、く、け、こ」

佐奈の後、子供たちといっしょに、弥吉も思わず、声をあげてしまう。幸い、本堂の外の声は子供たちの声にかき消される。

が、背後から近寄ってきた菜穂の耳にはそれが届いた。

「うふふ」

という笑い声に、弥吉ははっとなり、振り向く。

菜穂が大きな紙袋を持って立っていた。

ここは、本所の裏長屋の近くにある泰明寺だ。弥吉は屑屋をさぼって、いつものように本堂の節穴から佐奈をのぞいていた。

始末を終えて、もうふたまわりが過ぎていた。

「中に入って、いっしょに受けたらいいのに」

と菜穂が言う。菜穂はあれから、夫である伊助の葬式を出し、今は、丸昌屋の女主人となっていた。呉服屋の大店の女主人としての評判はいいらしい。

しかし、会うたびに、綺麗になっていく。最初のひとまわりはやつれていて、それはそれでそそったが、女主人として丸昌屋を切り盛りするようになって、自信のようなものがあふれて、あらたな美しさを感じさせた。

「やっぱり、のぞいていたのね」

と本堂の戸から佐奈が顔を出して、こちらを見ている。

「佐奈さん、こんにちは。お饅頭、持ってきたの。みんなで食べましょう」

「まあ、うれしいわ」

佐奈が笑顔を見せる。

佐奈は相変わらず、透明感にあふれている。どこからどう見ても、為次郎たちを殺った始末人には見えない。まあ、そう見えたら、始末人にはなれないのだろうが。

本堂から子供たちの歓声が聞こえる。

それにつられて、弥吉も中に入った。すでに子供たちは、饅頭をぱくついている。

菜穂が買ってくる饅頭は日本橋の老舗《しにせ》のもので、子供たちはなにより喜んだ。

「弥吉さんもどうぞ」

と菜穂が手招く。子供たちの輪に入って、楽しそうに饅頭を食べている。

「すいやせん」

と言って弥吉も輪に入り、饅頭を手に取る。

「ああ、うめえっ」

「美味しいよね」

とそばに座る佐奈が笑顔を向ける。

佐奈、菜穂といっしょに饅頭を食べられて、弥吉は幸せだった。が、このふたまわりほどの間、始末の話はなく、仕掛けで動かないと、佐奈や麻世とまぐわう機会がなかった。

佐奈も麻世も弥吉の女ではない。このふたまわりではやくも、弥吉のふぐりには大量の精汁が溜まっていた。

（了）